脱皮

井関洋子

鳥影社

脱皮　目次

脱皮

（賑やかでキラキラした美しい街なんやろうな。明るくて活気のある大きな街なんやろう。あの街の人になりたいなあ）

山の畑の草むしりに行っては空を赤く染めるシシ山の向こうの街を思い巡らしていた。両親は人様の仕事の手伝いで忙しく、年端もいかない娘の願い事に耳を貸している暇はない。ここは祖父に縋《すが》るしかない。思い切って、ある日、薪割りを済ませて縁側で茶を啜っている祖父に言った。

「シシ山の向こうの大きくて明るい街へ行きたいんやけど、行かしてくれはらんか。あの街の人間になりたいんよ。なあ祖父あん」

祖父は驚いた顔をして口許まで持っていった茶碗を盆に戻し、こちらを見据えた。

「あの街の人間になりたいて、どういうことや」

「この村が暗うて狭うていやなんや」

「暗うもんか。明るうて住みやすい村や」

「明るうない。あの街みたいに輝いておらんやないか」

「それは無理や。あの街はこの辺の都やでな」

「ほんであの街の人間になりたいて言うておるんよ」

「おまん、自分の言うておることがわかっておるんか。近くの町へ働きに出される子供らはおるが、あの街へ出たもんはおらん。何年か前に若い女子がおまんと同じようにあの街へ出たい言うて、働きに出たことがあったんやけど、厳しい仕事に耐えられなかったんやろう、すぐに戻ってきてしもうた。絹織物で有名な地場産業の街の中でも、特に厳しい伊勢屋という機屋《はたや》やったからな。あの街へ出て身を立てた者はおらんということや。途中で帰って来てしまうようなら、初めから行かんほうがええ」

「わかっておる。帰っては来ん。身を立てるつもりで行くで。ほんで行かしておくれな」

「何を言うておる。身を立てるやなんて。出任せを言うたらあかん。おまんがいなくなったら三人の妹の世話は誰がするんや」

「順送りや」

「ようそないなことを言いおったな」

祖父は呆れて、平然と家族を捨てることのできる子を悲しそうな目で見た。

「捨てるのとは違うんや。あの街へ行きたいだけなんや。行かしておくれな。なあ祖父あん。空を赤く染めるあの街の明かりが呼ぶんよ。早う来んかて。なあ、あの街へ行かしてえな」

祖父が盆に戻した冷めた茶碗を手に取った。

「それにあの街へ行くにはな、山越えをするしかないんよ。何が出るかわからん危険な山道やで、子供には無理や」

「無理やない。山菜取りに行ったことがあるで道も知っておる。毒蛇も猪《いのしし》もおらん。あの道をどこまでも登って行けば頂上に着く。あとは街へ向かって下るだけや。なあ祖父あん。行かしてえな」

「山道を軽く見たらあかん。山菜取りとは違うてな。確かに猪はおらん。猟師の乱獲によって耐えた。蛇はおっても毒蛇はおらん。だが頂上まで辿り着くのは難儀や。下りはなお難儀や」

「難儀やて、祖父あんは山越えをしたことがあるんか」

「若いときにな。欠員を補充しておったから伊勢屋へ行ったんやけど、忽《たちま》ち連れ戻された。農家を継がなあかんで」

「ほうか。あるんか。祖父あんも伊勢屋へ行ったんか。山越えをして」

「ああ。おまんがこっそり出て行っても、連れ戻されるで。まだ子供やからな」

「子供やない。八歳や」

「八歳は子供や」

「子供やない。山の畑へ行っておるで足は丈夫や。足に巻き付いた蛇を棒で叩いて、外して、投げ飛ばしたんや」

「おまんに投げ飛ばされた蛇は逃げることもでけんで、死んだかもしれんな。可哀想なことをしおった」

「死んではおらん。元気やった」

「蛇はな、殻を脱いで、丈夫な小麦色の体になって大人になっていくのや。それを脱皮というのや。脱皮というのにはな、死んで再び蘇る、という意味もあるんや。古い自分を捨てて新しい自分になることや。丈夫な体になれば、何回でも脱皮ができて、強くて新しい人間になれるということや」

「生き返る度に強くて新しい人間になるんか」

「ほうや。ほんで蛇は神様の化身といわれておるんよ」

「神様か」

「近くの高い山の神様はな、古い書物には、白い大蛇と記されておるのや。猪と記されておる書物もあるようだが。この辺にいる蛇の中には、その高い山から下りてきた神の使いといわれておる白蛇もおるということや」

「白蛇。神の使いの白蛇か」

「殻を脱ぎ切れない蛇はな、体に残っておる殻を、石に叩きつけたり木に擦りつけたりして脱ごうとするんやけど、その甲斐もなく、なまなましい赤い体を残したまま、力尽きて死んでいくのや。おまんもまだ子供のなまなましい赤い体のままや。小麦色の丈夫な体になって、初めて先へ進めるのや。常に健康体であれば、何回でも蛇のように殻を脱いで、強くて新しい自分になって行けるんや。なまなましい赤い体では、あの街でのうても、働きに出すことはできんでな」

「祖父あん。山の畑で鍛えておるで、なまなましい赤い体ではのうて、小麦色や。胸も腰も肉がいっぱいついておって、大人と変わらんのや。なあ祖父あん、見てみい」

上着を脱ぎ、着衣を脱いでいった。

「わかった。もうええ。おまんには敵《かな》わんなあ」

「ほんなら、あの街へ行かしてくれはるな、祖父あん」

「ああ。だがおまんが読み書きのできる大人になってからや。それまで待っておれ」

「待てん。大人になるまで待てんのや。空を赤く染めるシシ山の向こうの街に言うてしもうたんや。村をすぐ出るて。なあ祖父あん、行かしてえな」

「おまんは蛇の生まれ変わりかもしれんな。蛇は執念深いと昔からいわれておるで」

「ほんなら行かしてくれはるな。蛇の生まれ変わりやで」

「わからんことを言うでねえ」

祖父が怖い顔をして睨んだ。もう何も言えなかった。お預けを喰ったまま、山の畑の草むしりの日が続いた。四人姉妹の末の妹、二歳の志緒を背負い、四歳と六歳の、美緒と月《つき》緒《お》を後に付かせ、顔に絡む木の枝を払い、草を掻き分け、山の畑への道を登った。道筋には蛇がいる。毒蛇でなくても絡まれては面倒とばかり棒で足元の木や草を払いながら登る。

その日は、祖父も一緒だった。鍬を担いで坂道を登る祖父の前を、妹らを従え、登っていった。するとわずか前方に、白い紐のようなものが見えた。近づいてよく見ると、一メートルほどの蛇の脱皮殻だった。頭の先から尾の先まで綻びもなく見事に脱げている。何回目の脱皮殻か。真っ白で、太い。その白さといったら抜け出た体の白さをも想像させるほどのものだ。白蛇の脱皮殻だ。あの高い山の神様の白い大蛇でなくても、その神様の使いに違いない。いつかは神と崇められる白蛇になって、高い山へ戻る蛇だ。殻から抜け出た生身の体、その御神体はどこへ行ったのか。辺りを見廻しても見当たらない。

屈んで脱皮殻の顔を覗き込む。こちらを見ている顔が笑っているように見える。何回も脱皮して、生と死を繰り返して、年を重ねた深みのある笑い顔だ。細いヘロヘロとした真っ赤な舌までが見えてきて、話し掛けているようでさえある。初めて脱いだときの体は初々しい赤い色だったか。上手に脱げたか。脱ぎ切れない殻を残して苦しむようなことはなかったか。人間の年にすれば、一体何歳で、この白蛇は、ここで殻を脱いだのだろう。蛇は赤い舌を動かし、何やら語り掛けているようである。百歳、いや、九十歳、と聞こえた。九十歳。この真っ白い殻は、九十歳で脱皮した白蛇の殻か。九十歳で。

「祖父あん。この白蛇、九十歳で脱皮したんやて。赤い舌を出してそう言うておる」

「蛇はな、そないに長くは生きられんのや。せいぜい生きて二十年や。脱皮も、成長した蛇では、二、三ヵ月に一度の割で行われるんや。新陳代謝やでな」

「新陳代謝？」

「おまんの体の皮膚も垢と一緒に自然に剝がれ落ちておるやろう。蛇は一度にごそっと脱ぐがな」

「すると、垢と一緒に剝がれ落ちるのが人間の脱皮か？」

「そうや。人間の脱皮にはな、意味があるんよ『脱皮できない蛇は死ぬ』という蛇に譬えた謂れがな。苦しみを乗り越えたときに初めて脱皮したことになるということや」

「ほんなら、苦しみを乗り越えな脱皮したことにはならんのやな、人間の脱皮は」

「ほうや」

「なあ祖父あん。この脱皮殻を残してどこかにいる白蛇、御神体は、神様やで、二十歳では死なんのや。神様は永遠に生きておられるんよ。脱皮殻の赤い舌が九十歳で殻を脱いだと言うておるで、九十歳でええやないか」

「ようわかった。おまんはどうみても蛇の生まれ変わりやなあ」

祖父の声が穏やかになっている。神と崇められる白蛇の、脱皮殻に出会えたのもご縁と、山の畑への道を祖父と共に、更に登る。早い時刻の昼食を済ませ、草をむしり始めても、むしっているうちに気づくと陽は西に傾いている。祖父は種まきの準備に、鍬を振り上げ、土を起こす。畑の脇で遊んでいる二歳の志緒が退屈して泣く。近所で分けてもらう山羊の乳を与えても、母親の乳房が恋しいのか飲まない。二歳にもなってまだ母親の乳房を恋しがるとは何事かと、騙し、騙し、飲ませる。（おまんがいなくなったら妹らの世話は誰がするんや）（順送りや）祖父とのやり取りの声が畑の隅の祖父に重なる。順送り。

わずかに離れた道の端で何やら黄色い花を摘んでいる四歳の美緒。そして同じように黄色い花を摘んでいる六歳の月緒に心の中で言う。（おまんが妹らの面倒を見てくれるな。この埋め合わせはきっとするでな。ほんであの街へ行かしてくれるな。頼むでな月緒）（祖父あん、どれ程仕事が辛うても途中で帰ってくるようなことはせん。あの街の人に成り切る。成り切っても決してこの村を忘れへん。約束する。祖父あんも、父あんも母あんも、乳を飲んでおる末の妹の志緒も、花を摘んでおる美緒も次女の月緒も、決して忘れへん。ほんで行かしてえな。あの街へ行かしてえな祖父あん）（わからんことを言うでねえ）そう言ったときの祖父の恐ろしい顔が浮かんできて、祖父にはこれ以上、あの街へ行かせてくれとは言えない。おやつの握り飯を子らがうまそうに頬張る。膝の上の志緒に瓶の乳を飲ませる。おやつの時間が終わる頃には陽が落ちる。落ちればすぐに、暗くなる。その時刻を迎えてしまっては、シシ山の上空の赤い空を見ずして帰れない。山の端が明るみ始めた。胸が騒ぐ。

「なあ、おまんら、都の明かりやでえ。山の向こうはキラキラした明るい大きな街やでえ。

よう見ておくのやでえ」

妹らに赤くなり始めた山の端を仰がせる。眠ってしまったのか膝の上の志緒が重い。シシ山の上空が真っ赤になった。妹らはきっとわかってくれるに違いない。祖父にもわかってほしいのだ。読み書きができるまで待てとは殺生だ。五年も六年も待てないのだ。（なあ祖父あん。あの街へ行かしてえな）真っ赤になった山の上の空を仰ぎながら、帰り支度をしている祖父に心の中で縋る。気のせいか祖父が頷いた。（祖父あんが約束してくれはった。祖父あんが……）子を背負った帰り支度のまま折からの赤い空を仰ぐ。背の志緒が泣く。美緒も月緒も下を向いている。（祖父あんが約束してくれはったに、おまんらどうして元気を出してくれんのや）シシ山の上空の、赤い空を木の間から見ながら来た道を祖父の後から下る。

家の近くまできた。家には明かりが点いていない。父も母もまだ仕事から戻っていないのだ。裏口から台所へ廻る。かまどの薪に火をつけ、仕掛けておいた米を煮る。薪よ、燃えろ。薪は赤い炎を立てて燃え滾《たぎ》る。充満した気泡が出口を探して蓋の隙間から勢いよく噴き出す。あの街が待っている。気泡を競い立たせて米が煮える。

三人の妹と夕食を済ませ、山越えをするための握り飯を作る。竹皮に包み、風呂敷に包んだ。母が仕立てた仕事着と、二、三枚の普段着とを布の袋に詰め、手紙を書く。（祖父あん。父あん。母あん。心配せんでええ。あの街へいくで）遊んでいる妹らを横目に家を出る。

　街の明かりが空を赤く染めるまでの束の間、黒く突っ立ったシシ山の道をひたすら登る。日本海から吹きつける風が打ち寄せる波のように山道を覆う木の枝を吹き払う。荒い息遣いだけが身を取り巻く。空を赤く染めるシシ山の向こうの街を思い巡らし、登る。目指すは仕事に厳しい伊勢屋という機屋《はたや》だ。その機屋が広い街のどの辺りにあるか知らない。場所の所在を祖父に尋ねることはできなかった。（それを聞いてどうする、一人で行こうとでも思っておるのか）と思われてはならず、喉元まで出ている言葉を飲み込んだ。唐突に誰とも知れぬ怖い顔がよぎる。仕事に厳しい伊勢屋の主か。二度と村の土を踏まないと覚悟して出てきた手前、怖い顔に怯んではいられない。親も付き添わない突然の子供の訪問に、先方は面食らうだろう。しかし伊勢屋は祖父が働かせてもらったという縁のある機屋だ。何があっても引き返すことはできない。まずはあの街の人間になることだ。

　辺りが暗くなり始めた。横道に入って山菜取りに夢中になったことがあった。かたわらには母がいた。母は木の芽を摘んだ。突っ立った山は黒いばかりで何の趣もなかった。山の端を赤く染める美しい山であることも知らなかった。山菜を摘むだけの山だった。あるとき、その山の上空の明るさに引き込まれた。その空だけが、なぜか赤い。辺りが暗くなるに従ってさらに赤くなる。不思議だった。その不思議を目の当たりにしたのは山の畑からだった。シシ山の向こうの街の明かりが空を赤く染めると知って、生まれた村がことさら暗く狭く遠退いていった。あの街の人間になりたい。そのためには何を置いても伊勢屋の織子《おりこ》になることだ。思いは募るばかりだった。

山の上空が真っ赤だ。辺りはすでに暗くなっている。（街の明かりや。都の明かりや）山の畑で見た明るい空が手の届きそうなところにある。涙が止まらない。霞む目で、赤い空を仰ぎ見ては気ぜわしく山道を登った。（早う頂上に着きたいなあ。頂上から都の明かりを拝みたいなあ）無理に気持ちを落ち着かせ、盛り上がった木の根に腰掛ける。赤い空を仰ぎ見ては、夜食用の握り飯を頬張る。（機屋ではどないな人が待っておってくれはるやろう。機織りは難しいやろか。向こうの人の言うことをよう聞いて、いろいろ教えてもろて、人に可愛がられる人間にならんとあかんのや）

眠い。睡魔が襲った。トントン、トントン。機を織る音が遠くで聞える。広い部屋で織子たちが機を織っているのだ。中に混ざって男の子がいる。年配の女が厳しい顔で男の子を見ている。時々優しい顔をする。女が男の子に手を添えた。教えている。女は男の子の母親らしい。突然女が恐ろしい顔で織子に寄っていった。(何度教えたらわかるんや。それでは組合へ納められん)織子が目にいっぱいの涙をため、声を絞って泣いた。その声が部屋いっぱいに響き渡る。瞬間睡魔が去った。機を織る音も消えている。思い描いていた都は、厳しいか。人に好かれる人間になるのも、厳しいか。

山の上の空はさらに赤くなっている。何はさておき頂上を目指す。頂上はすぐそこだ。根拠もないのに繰り返す。林が続く。どこまで行っても林を抜け出すことができない。道の端に座り込む。疲れで、立ち上がれない。勇気を出して再び登る。ようやく林を抜け、低い木の間をしばらく行ったところで狭い草地に出た。(おお。空が赤い。真っ赤だ。夜更けの空が真っ赤だ。手の届くところに真っ赤な空がある)これほど赤い空を見たことがない。山の畑で草むしりのかたわら見た空もこれほど赤くはなかった。それでも空の赤さに驚いた。ここでの赤さはその比ではない。空が燃えている。頂上はまだ先だ。草叢からの燃える空をひとしきり眺め、再び林に入る。木の間から燃える空を仰ぐ。力を振り絞って登る。ここまでくれば頂上は近いはずだ。やがて林の途切れた広い場所に出た。下の街の明かりが煌《きら》めき天を焦がしている。

頂上だ。(ここが頂上だ。頂上へ着いたんや。祖父あん、頂上へ着いたんやでえ)港を出た小舟が荒波に乗って運ばれてきたシシ山の頂上。天に向かって掌を合わせる。黙って出てきたことを家族に詫びる。やがて、空を焦がしている目の下の憧れの街に視線を移す。住民になろうとしている街。栄えている街の目の眩む明るさ。この街のどこかに根を下ろす場所がある。向かう先の機屋はどの辺りか。街の中心だろうか。離れた場所だろうか。まったくわからない。しかし、伊勢屋はどこかにある。必ず、ある。勇気が湧いてきた。二度と目にすることはないであろう頂上からの街の景色を目の奥に収め、下り坂に向かう。顔に当たる木の枝を払い、道を阻む木の根を除け、一歩、また一歩、足を踏みしめ、急な坂道を下りる。

立ち止まって赤い空を仰ぎ、街の明かりに目を凝らす。不思議に嬉しさも怖さもなくなっている。目の前に立ちはだかるのは甘い夢でも憧れでもなく現実だ。厳しい現実を前にしては嬉しさも怖さも飛んでしまう。このままの自分でいればよい。努力はする。できる限りの努力は惜しまない。望んでやってきた理想の居場所、決して失わない。港を出た小舟は荒波に逆らって元の港に引き返すことはない。ひたすら波に乗って下山の道を辿るだけだ。森を下る。どこまでも下る。気ばかりが急く。(すぐのようでも下り切るまではまだ間があるでな。立派な織子はんになることだけを考えるんや。それが家族を後にして出ていったおまんの責任や。辛いことがあってもへこたれるでねえ。世間に顔向けでけんようなことをしてはならんで。わかったな）多分そう言うだろう祖父を想像する。（責任を持って事に当たれ）よぎる戒めの言葉は普段口数の少ない父だ。心して坂道を下る。

登っただけは下る道。上りは頂上からの真っ赤な空を見たさに奮い立った。下りは織子を叱った女の厳しい顔が浮かび心にブレーキがかかる。傍らの木の枝につかまっては下る。下っても下っても木に覆われた夜の道。落ち着いてゆっくり下ることにした。木の根元に座り込む。握り飯を頬張る。山を下り切って街に着けば、伊勢屋は街の中にある。探し出して伊勢屋に到着するのは、いつになるか。疲れた震える足で山道を下る。落ちている木の枝を拾って杖にする。（妹らは今ごろどうしているだろう。祖父あんはどうしているだろう）弱音を吐いている場合ではない。先を急ぎながらも、思い切って道端で休憩を取る。睡魔には勝てず、眠りに落ちる。どのくらい眠ったのか、目覚めた時、夜が明け始めていた。東の空が薄明るい。

夜明けだ。街の輝く明るさは空へ吸い込まれ、街は地味な工場の色と変わりつつある。朝がきたのだ。これからは明るい山道を下るだけだ。元気を取り戻した体で急な坂道を麓に向かって下り続ける。下りは足が震えて厄介だ。何度も転びかかった。しかし怪我の身で伊勢屋を尋ねるのはいやだ。腹に力を入れて坂を下る。これから向かう先の、街が下に見えそうな場所を探して、道端の石を椅子代わりにし、竹皮に包んだ握り飯を手に取る。

中の梅干しは母が漬けたもの。その梅は祖父が丹精込めて実らせたもの。出発のはなむけとして味わう。短い時間の朝食を済ませ、明るくなったところで、下り切るまではまだある坂道を、緊張感を抱いて、下る。麓に近くなった辺りで籠を背負った女たちに出会った。この時期にしか摘めない木の芽の採集だ。会釈して通り過ぎ、また一頻り、下る。繁る木の間から犇《ひし》めく工場の街が見える。夜にはこの街の工場の明かりがシシ山の上空を赤く染め、昼には犇めく工場の色となる。あと一息だ。立ち止まって木の間から下の街を覗く。

下り切ったところで街へ出た。(着いたんや。シシ山の空を赤く染める街へ着いたんや。祖父あん、着いたんやでえ都へ来たんやでえ。山越えをしてたった今着いたんやでえ)狭い山道の延長とも思える路地を進んでいくと、車の往来の激しい広い車道に出た。工場の犇めく車道に沿った道をしばらく行ったところで、人通りの多い道に突き当たった。見当をつけて、曲がる。伊勢屋の所在を知らないとあっては町名の記された電柱も役に立たない。途方に暮れ、立ち止まる。自分の行くところはどこだろう。思わず笑った。人の目も構わず笑った。空腹に気づいた。握り飯が二、三個残っているはずだ。太陽は真上にあった。

道端に座り込む。残りの二個の握り飯を平らげると、ほっとしたせいか、瞼が閉じた。はっと気づいて目を開いた時、すでに日が傾いていた。焦った。これから伊勢屋という機屋を虱潰しに探していく。作業着と二、三枚の着衣の入った布の袋を脇にかかえ込み、歩き出す。

大通りから路地へ入る。屋号あるいは看板を見て歩く。伊勢屋はどこか。どんな家か。平屋か二階建てか。それとも工場風の長いだけの平たい建物か。多分平たい建物だろう。立ち並ぶ工場の一画を意識して歩く。路地から大通りへ出る。行き交う人ごとに伊勢屋の在り処を尋ねる。相手は頸を傾げて通り過ぎる。方向を変えて歩き出す。足が棒になってきた。道の端にしゃがみこむ。伊勢屋はどこかにあるはずだ。力を振り絞って歩き出す。別の道へ入る。どこかの古い街へ抜けそうな、やや広い道。この道を行けばきっと伊勢屋に辿り着く。勘に頼り、辺りに気を配りながら歩を進める。すると年配の女が声を掛けてきた。

「あんたはん、どこへ行きなはる？」

伊勢屋という機屋を探している、と答えると、すぐそこなので、着いてくるように、と指を差した。女が差した指の先の建物は、想像していた立ち並ぶ工場の一画の、平たい建物ではなく、街のどこにでもある、見慣れた木造の、やや大き目の、仕舞屋風の家であった。女はその家の裏口の引き戸を開けた。女はこの家の人だった。ここが伊勢屋か。伊勢屋は工場風の建物ではなく普通の家か。そういえば通り過ぎてきた長いだけの平たい建物の間に、見慣れた木造の仕舞屋《しもたや》風の家が、何軒かあった。

「お入り」

女が言った。

シャッシャッという機械の音が聞こえてきた。若い女の子たちが広い仕事場で機を織っている。おや、機織りはトントン、と織っていくのではなかったか。想像していた織り機とは違う。多分新しい機織り機なのだろう。そのほうをじっと見ていた。

「立っておらんで、そこの椅子にお掛け」

女は硬い表情で言ったかと思うと奥へ入って行き、すぐに出てきた。

「あんたはん、この伊勢屋へ何しに来はった」

女は立ったままこちらをじっと見て言った。間違いないあの時の夢の中の、年配の女の、怖い顔だ。瞬間気持が怯んだ。しかしこの機を逃しては先へ進むことはできない。椅子から立ち上がり、気を新たに、言葉を紡ぎ出す。

「この街の明かりが日の落ちたシシ山の上空を真っ赤に燃やして、早う明るい街へ来んかて呼ぶんよ。祖父あんは、いや祖父は、読み書きができるまで待たんかと言いおったんやけど、それまで待てんで、ほんで、手紙を置いて、山越えをしてきたんや」

「手紙を置いてか」

「シシ山の空を赤くそめるこの街の明かりが、早う来んかて誘うんやから」

「あんたはんの街は明るうないんか」

「狭うて暗いんや。ほんで明るい大きな街が好きなんや」

「親御はんは心配しておられるやろなあ。ほんでどうしてこの伊勢屋へ」

「一人前の織子にしてほしい思うて」

「一人前になるには、この伊勢屋でのうても構わんやないか」

「伊勢屋はんでのうてはあかんのや。祖父が若いころ、伊勢屋はんで働いておったそうで。ほんで、伊勢屋はんとは親戚みたいに思うておる。困った時は伊勢屋はんがきっと助けてくれはると」

「あんた、親戚でも近い知り合いでもないこの伊勢屋をそないに思うておるんか。ところであんたいくつや。名はなんと」

「八歳。木野花緒《きのはなお》」

「八歳では無理やな」

「ほんならなんでもするで、今日から雇ってくれはらんか」

「そういう訳にはいかんわな。せめて親御さんと一緒なら話が滞ることはないんやけど」

「一人前の織子になるまでは戻らんと、祖父と約束したんや。ほんで戻れへんのや。何回でも殻を脱いで、強くなっていくのが蛇やと、祖父が。ほんで、蛇みたいに何回でも殻を脱いで、一人前の織子になろう思うて、思い切って、山越えをしてきたんや」

「あんたが言おうとしておることはようわかった。しかしなあ、女子を雇うには口入屋《くちいれや》というのを通して、年期契約を取り交わさんと雇えんことになっておるんよ。それも十二歳頃からや。始めは下働き。徐々に機織りに進んでいくのや。八歳ではまだ下働きも無理や」

「無理やない。三人の妹の世話もした。食事の支度もした。掃除も洗濯もでける。雇ってくれはらんと困るんやけど」

「あんた、腹が減っておるやろう。夕飯でも食べて考えよう。息子もそのうち学校から戻るで。息子は、あんたはんより三つ上や」

息子。あのときの夢の中にも男の子がいた。織子を泣かせた年配の女が男の子には優しかった。男の子は女の息子だ、瞬間そう思った。そのうち学校から戻るという息子。もしやあのときの夢の中の男の子ではないか。

機織りの女の子たちを見ていると人が横を通った。学校から帰ってきた息子だ。あのときの男の子だ。彼は奥のほうへ入っていった。すると話し声が聞こえてきた。(口入屋?)(十二歳頃から機織りの見習いとして入って、二十五歳くらいまで働いて、嫁に行くときは祝儀として箪笥や鏡台、その他日用品を与えるという年期契約のもとに雇ってきたでな)(それは農家の副業として営まれてきた明治の中期頃までの雇い方やろう。手織り機が大製造家といわれる家でも数台しかなかった頃の)(まあそうやけど。動力機械が入ってきて、ぼちぼち工場経営に切り替える家が出てきたのが、数年前の、年号が大正に変わった頃やで、この伊勢屋も足並み揃えなくてはならんと、それまで使っておった手織り機を屋根裏へ片づけて、機械化に踏み切ったんや。織物の相場がこれからどう変動するかわからんのに、人を雇うのはなあ。ましてたった一人で雇ってくれと言うてきた子を)(ほんなら警察か?)(警察? 伊勢屋が警察へ訴えたとあってはな)(一晩だけ泊めてもらうということや)(それがでけんで困っておるのや。山越えをして帰んなはれとも言えんしな、子供やで)(ほんならこうしてはどうや。あの子はまだ十二歳にはなっておらんで、年期契約を結ぶまでには至っておらん。ほんで親戚の子を預かるような形にして下働きをさせては。十二歳になったときに、この伊勢屋の採用方法を取り込めばええやないか）（そやなあ）（山越えとは思い切ったことをする子やなあ）（雇う雇わないは別として、差し当たって今夜はうちへ泊めなあかんわな）（そうやな。警察へ突き出すわけにもいかんしな。どこへ寝かせるんや。女衆と同じ部屋か。それとも屋根裏の忍者部屋か。あそこは隠れ家なんやけどな。この際、一晩だけなら構わんよ）（どちらも駄目や）（何でや）（子供かて気は許せんでな。どこの子かもわからんし、お祖父さんが昔ここで働いておったと言うてもそれもわからんし、おまんも社長になる身なら、そないなことわからんでどうする）（木野花緒。八歳。山越えとはなあ）（夕飯や、呼んできなはれ）聞こえてきたのは年配の女とたった今学校から戻ったばかりの息子とのひそひそ話であった。

息子の誘いで、台所と繋がった板敷の、大きなテーブルが二脚置いてある部屋の、その台所に最も近い場所の椅子を遠慮勝ちに引いた。

「親御はんが心配しておられるやろうから、明日朝一番に、電報を打っておくでな。今夜はここで寝なはれ」

女の横に、寝床が述べられた。

(子供かて気は許せんで) これが人を雇うということか。人使いの荒いといわれる伊勢屋でなくても、決められた約束事を踏まずには人一人雇うことはできないのか。

翌朝、人の声で目覚めた。(今のところ織子の席は空いておらんでな……)ここはどこだ。窓からの陽が眩しい。はっとして飛び起きた。伊勢屋だ。伊勢屋で寝たのだ。あの声はあの女の声だ。慌てて床を上げ部屋の隅に置き、声のするほうへそっと近づいて行った。玄関わきの部屋であの女を前にして下を向いているのは、父親だった。置き手紙を見て慌ててやってきたのだ。

「父あん」

叫び声を上げると、へなへなとその場にくずおれた。

「緊張しておったんやろう。まだ子供やなあ」

女が言った。

「帰ろう。さあ帰ろう」

父親が近寄ってきて手を引いた。

「帰るんや。おまんの働く場所はここにはないよってな」

「帰らん。祖父あんとも妹らとも約束したんや。一人前の織子にならんうちは帰らんと」

「学校へ行って読み書きができるようになってからでも遅うはない。さあ、帰るんや」

父親がむりやり手を引いた。

「いやや。帰らん。お母はん。助けて。お母はん」

「お母はん。伊勢屋の社長はんに何てことを言うんや。さあ、帰るんや」

「無理に連れて帰らんでもええやないか。読み書きなら教えてやるがな。ついでにソロバンもな」

「圭吾。おまんは黙っておれ。早う学校へ行かんと遅れるで」

女は怖い顔で息子を送り出し、やさしい表情で父親に向き直った。

「家の中の纏まりのない仕事でよければ、雇わせてもらいまひょう。面倒な決まり事を通さんわけにはいかんのやけど」

父親はとっさに土間に下り、伊勢屋の女社長に手をついて娘を頼むと深々と頭を下げた。

「どうぞ、頭をお上げください。責任をもって、娘さんをお預かりいたしまひょう」

土間に手をついて頭を下げる父親の姿を見たくはなかった。(父あん。許して。辛いことがあっても途中でくだけたりはせんから)胸の内で叫んだ。父親に惨めな思いをさせた自分が情けなかった。

この家で働くことになって部屋が決まった。女衆が寝起きする二階の部屋の、かたわらの階段を登った先の、物置として使われている屋根裏だった。一階の機織場の上部とあってめっぽう広い。立って歩けるほどの高さがある。ぎっしり詰め込まれた古い織機や箪笥、椅子などが仕切りとなった四畳半ほどの空間に、畳が敷いてある。そこが寝泊まりする部屋だった。圭吾が使っていたという身を隠す場所としての部屋、忍者部屋でもあった。そこには全身が映るほどの縦長の硝子窓があった。枝を伸ばした太くて大きな山椒の木の、緑の小さな新芽がわずかな風に戯れ、硝子窓を賑わし、木漏れ日を通してはち切れんばかりの少女の笑顔を煌めかせていた。紛れもない八歳の、硝子窓に映る自分の姿だった。縦長の硝子窓はまさしく鏡であった。(祖父あん。父あん。母あん。三人の妹ら、シシ山の向こうの村がこの鏡に浮かぶんよ。この鏡からあの村が見えるんよ。あの村を忘れてはならんと、鏡に映すんよ)鏡は心の中の村を映した。

朝は早く起きた。家の内外の掃除を済ませ、台所に廻ってあの女と朝食の準備をした。女は社長でありながら、家事一切を切り盛りする一般家庭の主でもあり、伊勢屋の経営を担っている社長、伊勢アキでもあり、次期社長である息子、圭吾の母親でもあった。家事手伝いのための使用人も置かず、伊勢屋の二代目社長であった夫を若い頃に亡くし、後を引き継いで以来、すべてを一人で担ってきた。厳しい伊勢屋は彼女によって存続していたのだ。そのような忙しい彼女の足手纏いにならないように気遣いながら、彼女の手伝いをした。

積極的に仕事を探し、身をこなしているうちに、いつの間にか、アキを、（お母はん）と呼ぶようになっていた。食事の準備を一緒にしている時なども、（お母はん、この味噌汁、味が薄いやろか）などと言って、お母はん、お母はん、と何をするにも指示を仰いだ。買い物も一緒だった。仕事の合間に店屋へ行くアキを後から追い掛ける。（お母はん待って）アキからも声が掛かる。（一緒に行かんか？）喜んで後に着く。（この子、うちの子や。花緒というてな、よう気のつく子やで）満面の笑みで店の者に紹介する。野菜や乾物を買い込み、魚屋へまわる。大鍋に八分目ほどの小鮎を求め、女衆が喜ぶからと、帰り道で佃煮の煮方を説明する。

「小鮎はな、笊《ざる》に取って、さっと水洗いして、醬油に砂糖と味醂《みりん》を加えたたっぷりの汁に、先代の頃からの、あの大きな山椒の木の実を加えて、一時間搔き回さずに、煮るのや」

「一時間もか」

驚いた顔でアキを見上げる。

「そうや。すると小鮎が、ぴかぴかに光って透き通るのや。山椒の実でぴりりとしてな、それは旨いで。串に刺した小鮎を炭火で焼いて、甘酸っぱい汁に漬けると、小鮎の南蛮漬けができるんよ。これも旨いで」

アキは料理を教える傍ら、織物の話もした。

「ここでの伝統産業はな、シボと呼ばれる表面に凹凸模様のある絹織物の縮緬《ちりめん》や。無地の縮緬として出荷されるんや。主に着物として仕立てられる最高級品なんや。一国の名産でもあるんよ」

「シボ？」

「シボはな、生地に光沢と滑らかな肌触り、それから、染色の染まり易さを生み出すのや」

いつのまにか家の裏口にきていた。

「一つの反物にはな、三千個分の繭が使われておるのや」

「三千個？」

「製品になるまでにはおよそ二ヵ月かかるんよ。織物の話はおまんにはまだ難しいわな」

アキは立てつけの悪い裏口の引き戸を慣れた手つきで開け、台所を通り、部屋の奥へ入っていった。やがて着物のようなものを両手に載せて戻って来た。

「これはな、紬《つむぎ》の仕事着や。生糸を引き出せない品質の落ちた繭から糸を紡ぎ出して、平織りにしたものや。本繭を使うた絹独特の光沢のある縮緬とは違うてな、表面にできた小さなコブが独特の風合いを持った古くからの日常の衣服や。これに着替えなはれ。下につけるものすべて揃えてあるでな。そのうち本繭を使うた着物を着てもらうで。本繭を使うた着物はな、よそ行きちゅうのよそ行きや。滅多に着られん最高級品や」

受け取った仕事着の、その紬のごわごわとした硬さに驚き、じっと見ていると、アキが言った。

「織りたては生地が硬うて着心地がええとは言えんが、耐久性に優れておって、数代に渡って着継がれるほど丈夫なんや。着ておるうちに、柔らこうなるやろう。その頃はおまんもええ娘になっておるやろな」

紬とその一切を両手に受け、屋根裏部屋の、硝子窓、いや、鏡の前に立つ。着ている仕事着の上から胸に当てる。アキが女衆に織らせた紬。木綿の手触りとは違う絹の感触。絹。生糸にはならない屑繭を使った織物とはいえ、絹だ。ここでしか着られない絹の作業着だ。伊勢屋の子になったのだ。この紬を着て、アキの伊勢屋で働くお母はんの子になったのだ。お母はんの子に。着馴れた仕事着を脱いだ。山椒の葉でちらちらする鏡に小麦色にはほど遠い赤い体が映った。蛇は自分の殻を脱いで、丈夫な小麦色の体になって、大人になっていくのだ。丈夫な体になれば、何回でも殻を脱ぐことができる。そうして強くて新しい立派な蛇になる。脱皮殻を残して姿を消した生身の白蛇。幸運をもたらしてくれる御神体。その御神体は今どこにいるのか。会いたいものだ。脱いだ着衣のすべてを胸に抱え、会いたいなあ、と階段を駆け下り、奥の部屋の、女衆が織った製品に目を通しているアキの前に立った。

「誰に会いたいんや」

アキが手を休めてこちらを見た。

「脱皮殻を残してどこかへ消えた生身の白蛇や」

「ほう。白蛇か。おまんはたった今その蛇に会うておったやないか」

「会うてはおらん。鏡に体を映しておっただけや」

「その体を映しておった鏡はな、蛇そのものなんや。あの鏡は蛇なんや。カガミのカガ、というのは、蛇。ミ、というのは身や。昔の書物に書かれておる。おまんがあの鏡の前に立つと、蛇がおまんの心の中を読み取って、それを鏡に映してくれるんよ。ほんで、村を映してくれたんやろう。蛇は神様やでな」

「心の中を読み取ってか。祖父あんに会いたいと思うておると、鏡が祖父あんを映し出してくれるんか」

「そうや。その紬の仕事着、似合うておるやないか。これまでのものはきれいに洗うてこの柳行李に仕舞うて置きなはれ。村のお母はんが娘のために作らはった大事な仕事着やで」

アキは傍らの、着物などを入れる長方形の柳行李をこちらに差し出した。柳行李。形は同じでも竹で作った見慣れたものとは違っている。

「柳行李はな、皮を外して乾燥させたコリヤナギという柳の枝を、麻で編んで作ったものや。紬に負けんほど丈夫で、何代にも渡って使われるんや」

アキは女衆が織った製品を再び手に取った。

「織物の検査は厳しいんか。お母はん」

脱いだ着衣を柳行李に仕舞い、尋ねた。

「厳しいんや。江戸時代からの、伝統を持つ織物産業やでな。品質の証としての登録商標が添付されるんや。その織元の検印を得られない粗悪品は販売でけんのや。検印のあるものだけが取り引きされるで、ここの縮緬は、全国的に信用があるんよ。強撚糸《きょうねんし》を用いたシボの高い重目の無地織物やでな」

「きょうねんし？」

「強い撚《よ》りをかけた糸のことや。用途によって撚りの回数は違うが、一メートルに三千回から四千回くらいの撚りがかけられるんよ。強い撚りをかけると糸と糸の隙間が少のうなって密になるんや。すると糸は固うなるし、一方では、繊維が強い引張力を受けるで、元の状態に戻ろうとするのや。シボはその力を利用して出したものや。おまんにはまだ難しいわな。急いで知らんかてええ。そのうちわかるやろう」

「ほんなら、字を教えてえな。強撚糸という字を。なあお母はん」

「それも難しいわなあ」

「伊勢屋という字は祖父に習うたで書けるんよ」

アキは目を丸くして、ほう、と言った。字を習うのは、仕事が終わって寝る前の三十分だった。第一日目のこの日は、高級絹織物、と決めた。

「お母はん、この漢字、ここへ書いてえな？　手本にするで」

平らに伸ばした古い包み紙の裏面を表にしてアキに差し出した。それを見たアキは、物置部屋へ入って行き、和紙でできた大き目の帳面を手に、戻って来た。

「これに書きなはれ。けどなあ、高級絹織物より先に覚える言葉があるやろう。挨拶とか、行儀とか、親切、案内、そのような日常には欠かせない言葉や。高級絹織物などはまだ先でぇえ」

そしてアキは、その帳面の表紙に（木野花緒、八歳、いろは帳面、大正七年〈一九一八〉八月吉日）と墨で書き、ここから遠くないところで起こった米騒動が全国に波及している。第一次世界大戦で日本全体が好景気になり、この業界も力織機《りきしょっき》へと転換させようとしており、それに伴って、工場の形態も家族経営から会社組織へと移り変わっている、と筆を硯に戻しながら言った。

「ほんでな、今スペイン風邪がはやっておるで、マスクを着けておったほうがええな」

伊勢屋の社長としての表情から母親といった表情に戻って言った。

「スペイン風邪？」

「スペインから来た風邪やで、スペイン風邪というのや」

「スペイン？」

「国の名や。おまんに世界地図と地球儀を買うてやるで、自分で探しなはれ」

アキは向き直って再び検査を始めた。

世界地図と地球儀。片づけ事をしながらも頭の中で地球儀が廻る。いつ届くのか。地球儀。

日ばかりが過ぎていく。季節がわずかに移った十一月のある日、アキに呼ばれた。

「四年続いた第一次世界大戦が終わったんや。ドイツの帝政が倒れて。破れたほうは大変やろうなあ。こちらは益々景気がようなるが」

「ようなるんか？」

「ようなる」

アキの視線が空の遠いところを見ていた。アキの予想は当たっていたようであった。

「生糸の価格がな、わずかずつ、安うなってきたんよ」

世界地図と地球儀はまだ届かない。

「おまんに自転車を買うてやるで、街の中を走ったらええ。よう働くで、ご褒美や」

数日して、赤い自転車が届いた。

「お母はん、赤い自転車や。赤いんや」

「おお、可愛いなあ。早速練習やな。お使いが待っておるで」

「お使いってなんやの？」

「鮒の刺身に茹でた鮒の卵がまぶしてある、鮒の子まぶし、や。圭吾の好みではないがな、外しては通れんで。季節のものやで」

「圭吾が好きなもんはなんやの？」

「圭吾とはなんや。圭吾はんとか、お兄はんとか言いなはれ」

「お兄はんは何が好きなん」

叱られて力なく言い直す。

「あの子の好きなもんはな、泥鰌《どじょう》や。泥鰌鍋や。それに泥鰌汁や。裏の小川におる泥鰌をな、竹で編んだ筒、竹筒を持って取りに行くんよ」

「泥鰌鍋はうまいか」

「うまいわな。開いた泥鰌を牛蒡の入った平たい鍋に並べて、甘辛い味にして、煮えたら溶いた卵を流し入れるのや」

「誰が泥鰌を開くん」

「圭吾や」

「泥鰌汁はどないして作るん」

「泥鰌汁はなあ、味噌汁と同じや」

「ほうか。簡単やな。捕りに行きたいなあ竹筒を持って。自転車に乗る練習もせなあかんし、忙しいなあ」

敷地内の狭い空間で自転車に乗る練習をするかたわら、頭の中では泥鰌が犇めき合っていた。犇めき合う泥鰌でバランスを崩し、傾いては自転車ごと倒れた。山椒の大木に衝突してひっくり返る。思い切って広い通りへ出た。そのまま勢いで走った。止めるに止められずふらふら走っているうちに行きつけの店屋の前にきていた。店の奥にいる主に声を張り上げた。

「赤い自転車やでぇ」

主がカラカラと下駄の音をさせて出てきた。

「ほお。買うてもろうたんか。赤くてええなぁ」

珍しそうに赤い自転車をさわってみている店の主に、アキからの使いの内容を伝えた。

「鮒の子まぶしやな。あとで届けるで」

鮒の子まぶしが届いた夕食時、裏の物置から出してきた竹筒をアキが見せた。手に取って見ているうちに、筒のやや奥まったところに泥鰌の入る狭い入口のあることに気づいた。興味深くあちらこちらを見ていると突然圭吾が竹筒を奪った。

「なにすんねん。返してえな」

圭吾から奪い取った。

「なあお母はん。泥鰌を捕るのにこの竹筒をどうすんねん」

「圭吾に聞きなはれ」

「夜のうちにな、流れんように川の端に固定させて置くだけや」

「ほんで狭い入口から竹筒の中へ入るんか」

「入りおる。入りおったら、出られんでな。朝、仕掛けを引き上げるんよ」

「ほんなら今夜のうちに仕掛けておいたらええのやな」

「仕掛けは明日のことにして、早う鮒の子まぶしを頂きなはれ」

アキが不愛想に言った。

「なあお母はん。泥鰌という字、教えてえな」

「圭吾に教えてもらいなはれ。明日は学校が休みの日でうちにおるで」

翌朝、味噌汁の出しを昆布で取りながら、かたわらの竹筒をじっと見ていると、泥鰌が狭い入口から次々に入り、竹筒の中が泥鰌で犇めく様子が目に映った。入った泥鰌は狭い入口からは出られんのやな。泥鰌は阿保やな、などと独り言を言って笑っていると、アキが糠床から引き揚げた茄子を手に、後ろに立っていた。

「何がおかしいんや」

「泥鰌や」

朝食が済み、竹筒を抱えて眺めていると、圭吾がきた。

「泥鰌という字、知りたいんやろう。教えてやるよ」

食事の後片付けを済ませ、屋根裏部屋へ上がってみると圭吾が、いろは帳面のページを開いていた。

「なにすんねん。見たらあかん。恥ずかしいやん」

奪い取って胸にかかえ込んだ。

「開かんと書けんやないか」

練習の続きの、空白の場所に、ここへ泥鰌という漢字を書いてほしいと指をさした。圭吾は、書いた。そして、ごろんと横になった。これまでにも何回となくこの部屋へきて体を休めた。元々は忍者部屋、圭吾の隠れ家だった部屋で、圭吾には唯一気の休まる場所に違いなかった。しかし今、圭吾の隠れ家ではない。勝手に入ってきて横になられては困る。そう思いながらも寝入っている圭吾に毛布を掛けたり、指で顔を突いたりして、圭吾がこの隠れ家にくるのを深いところで待っている。

ようやく仕掛ける時間がきた。夕食後、暗くなる前の裏の小川へ竹筒を持って圭吾と行った。小川の端の、土の柔らかい草の根元へ、重石《おもし》を仕込んだ竹筒をしつらえた。あとは朝を待つだけであった。

翌朝早くに目覚めた。圭吾はまだ起きてこない。待ち切れず裏の小川へ行ってみた。前夜仕掛けたそのままの竹筒が小川の端で草を被っている。顔を近づけてよく見ると、竹筒の中で泥鰌が絡み合っていた。(おお、入っておる) 手を添えて竹筒を持ち上げようとしたが、重くて持ち上がらない。圭吾がくるのを待つしかない。小川の端にしゃがみこんだ。竹筒の中の泥鰌をじっと見ていると圭吾が急ぎ足できた。

「遅うやないか」

「おまんが早過ぎたんや」

圭吾は重い竹筒を両手に力を入れてぐいと引き揚げ、竹筒の中の動き廻る十数匹の泥鰌を見るでもなく、重い竹筒を持ったまま家に向かった。圭吾が、竹筒の狭い入口の紐を緩めると、入口が一瞬にして広がり、受けた桶に泥鰌が流れ込んだ。そして圭吾は竹筒に残った重石を取り出した。

この泥鰌で味噌汁を作る。わくわくした。鍋に昆布の出し汁を入れた。泥鰌は傍らの桶の中で味噌汁にされるとも知らず、動き廻っている。だし汁の入った鍋を火に掛けてはみたが、次の行動に移れない。生きている泥鰌をどうするのかわからない。

「何を作るんや」

鍋の中を覗いているアキに、泥鰌汁を作ると言った。

「泥鰌はな、泥を吐かせんといかんのや」

きれいな水に四、五日放して泥臭さを取ってから、味噌汁を作ることになった。しかしそのあと、どうしてよいかわからない。泥鰌は生きている。煮立っただし汁の中へほうりこむのか。恐ろしい。五日ほどして、泥鰌はすっかり泥を吐き、元気に動き廻っている。熱湯にほうりこむことはできない。手がつけられないまま夕方になり、学校から戻る圭吾を待った。戻った圭吾に、泥鰌汁の作り方を尋ねた。泥鰌を深い器に入れて酒を飲ませ、しばらく置く、と圭吾は言った。

「泥鰌が酔っぱらうんか。酔っぱらった泥鰌は、どうなるん」

「静かになるんよ」

「ほんで？」

「熱い鍋に入れて油で炒めるんよ」

「いやや。酒を飲んで気分ようしておる泥鰌に油を掛けて殺すんか。いややいやや。殺すのはいやや」

「おまんが食べておる魚も肉もみな人が殺すんやで。食べるために人間は動物を飼い慣らして食物源を築いたんや。馬も牛も、人間の役に立とう思うて、一生懸命体に肉をつけておるんよ。早う泥鰌に酒を飲ませえ」

「いやや」

アキが騒ぎに驚いてやってきた。

「そないなことがでけんようではおまんはいつまで経っても赤い体のままやな。小麦色の体にはなれんわな」

アキが厳しい言葉を投げかけた。（祖父あん。助けてえな。なまなましい赤い体のままではいやや。小麦色の大人の体になりたいんや。けど泥鰌を殺すのはいやなんや）

「よう聞け。泥鰌はな、おまんに料理されて、食べられて、おまんの体を小麦色の大人の体にしてくれるんや。おまんが山の畑への道で見た白蛇はな、その都度、苦難を乗り越えて、古い殻を脱いで、立派な蛇になっていったんや。苦難を乗り越えられない蛇はな、なまなましい赤い体のまま死んでいくのや。泥鰌を怖がっておるおまんは、赤い体のまま死んでいく蛇と同じや。小麦色の体になって初めて先へ進めるのや。わかったら早う泥鰌汁を作りなはれ。泥鰌はおまんに喰われるのを待っておる」（祖父あん。どこにおるの祖父あん）姿のない祖父を探す。

「なんや泥鰌が怖いなんて、情けない女子やなあ。そないな弱虫の女子大嫌いや。悔しいと思うたら泥鰌汁を作ってみい。なまなましい赤い体が小麦色になるまで」

「なんやね威張りおって。ようわかった。喰うてやる。泥鰌よ、お前らも牛や馬と同じように人間に食われるのを待っておるのなら、喰うて喰うて喰いまくってやる。小川にお前らがいなくなるまで。喰いまくった体がなまなましい赤い体のままであるはずがない。屋根裏部屋のカガミの前でまとった衣服を脱ぎ捨て、体を映すのだ。祖父あん。体を見ておってな。何回でも殻を脱ぐことのできる小麦色の体になるでな。見ておってな。お母はんも、見ておってな。喰って喰って喰いまくるで」

「おまんはええ子やなあ。ようわかってくれた。それでこそ山越えをしてきた女子や。旨い泥鰌汁を作るんやで」

涙の滲む目でアキの胸に蹲った。

第一次世界大戦時の好景気は続いていた。

「おまんはええ時にこの街へ来おった。おまんには運がついておるのかもしれんな。蛇の産まれ変わりやで、御神体がついておるのやな。おまんがこの街へくる数年前、明治末から大正の始めにかけての不況には、打撃が著しくてな、その発展策として絹織物をサンフランシスコの万国博覧会に出品したんやけど、輸出には至らんかった。明治の始め頃には品質が低下して国内的に信用を失い、人気がなくなったんや。ほんでな、組合が、規約を決めて検査を行い、商標を付けて販売するようになったんや。小さな浮き沈みは何回となくあったんやけど、江戸時代から続く地場産業の、最高級品の縮緬やで、発展させていかなあかんで、誰もがみな必死で働いた。これから世の中、どう変わるかわからん。油断してはならんでな」

緊張したアキの様子が伝わってくる。そんな中で圭吾は尋常小学校を出たあとの、中学校に在籍し、卒業後は、更に上級の学校を目指していた。その後はアメリカへ渡って、そこで腰を落ち着かせ、勉強をしたいという希望を持っていた。家の跡継ぎという立場が重くのしかかり、先が見えないままアキの傍らで家業に従事した。アキは社長の座を若い圭吾に譲った。次々に新製品が産み出される業界の中で、伊勢屋から新製品が発表されることはなく、これまでの絹織物に留まっていた。それでも好景気に便乗した伊勢屋が経営に息詰まることはなかった。

圭吾は夢を捨て切れないまま、若社長と言われながら女衆の間を廻った。息抜きに屋根裏部屋へくることもあった。そんな男の顔には覇気がない。その覇気のなさをひた隠すかのように、（書き取りの勉強は進んでおるか。ソロバンはうまくなったか）などと毅然とした態度を取り、いろは帳面のページを捲った。そのような圭吾を前にして思った。（行きたいところへは行けばいい。思い切って行くことだ。後はどうにでもなる。親を捨てて出ては行かれないというだろう。しかし親は覚悟をしている。行かずに後悔しても始まらない。行け。圭吾よ、アメリカへ行け。今を置いて行く時はない。行け）奉公人でしかない余所者の立場が喉元まで出ている言葉を飲み込ませた。

胸の中で渦巻いている気持ちを抑えに抑えている圭吾を知らないではない。圭吾の部屋のドアの隙間から、何かを見詰めている動かない圭吾の背中を目にしている。圭吾の見入っているものは、地球儀だった。地球儀は届いていたのだ。捨て切れない夢を見ている地球儀の前の圭吾が哀れでならなかった。そのような圭吾とは裏腹に、なまなましい赤い体は、好景気の間に小麦色に変わっていた。二つの胸の膨らみはそれぞれ主張し合い、腰には筋肉がつき、すっかり十七歳の、大人の体になっていた。（祖父あん。小麦色の体になったんやでえ。脱皮して漲った体で先へ進むでな）村が映るカガミの前で祖父に呼び掛けた。娘らしくなった小麦色の体をアキは喜んだ。

「数年も経ったらおまんをこの家から嫁に出すで、嫁入り道具は立派なものを揃えるで、楽しみにしておってや」

「嫁には行かん。お母はんのところにずっとおる。なあ、ええやろう」

「立派な体になったおまんを男はほうっておかんやろう。引く手あまたや。その中からええ人を選んで嫁にいくのや。おまんは顔立ちもええし、色も白うてきれいやし、きっと美しい花嫁はんになるで」

筋肉の張り詰めたぴちぴちした小麦色の体は圭吾の欲望を擽《くすぐ》った。仕事が終わった後の、風呂上がりの体をカガミに映していると、階段を上がってくる静かな足音がした。女衆は床に就いているのに、と足音に耳を傾けていたそのとき、圭吾がドアを開けて入って来、いきなり小麦色の体を抱き締めた。夢のような世界の中で圭吾に抱かれたまま朝を迎えた。このことをアキに知られてはならない。主と使用人。許されることではない。アキを裏切ればどういうことになるかわかっている。深夜の階段を上がる静かな足音は続いていた。

季節は過ぎていった。やがて圭吾の外泊が始まった。三日、仕事をして、四日帰らない。ある時、圭吾とアキの二人の話し声を、通りかかった圭吾の部屋の前で聞いた。（好きな子ができたと言うておるやろう。何度言うたらわかるんや）（どこの子や）（隣町の子や）（どういう家の子や）（知らん〉（四日間どこで会うておる）（あの子の部屋や）（親はおまんらのことを知っておるんか）（わからん）（別れなはれ。そないな不当な付き合いは許さん。おまんにはそれ相応の家から嫁をとることになっておる）

圭吾の外泊は続いていた。深夜の階段を静かに上る足音も耐えてはいない。そんなある日、アキに呼ばれた。

「女衆がおまんの噂をしておるで。圭吾は嫁をとる身や。おまんはこの家から嫁にいく身や。自分のしたことわかっておるな。事が起きてからでは遅い。荷物を纏めて出て行きなはれ」

恐れていたことがやってきた。言い訳の言葉もない。しかし出ては、行かれない。伊勢屋を頼って村を出てきた身だ。時期がくるまでは決して戻らないと。だが今はそれだけではない。圭吾が深夜の階段を静かに上ってくる限り、そして登ってくる圭吾の足音を、耳を研ぎ済まして聞いている自分がいる限り、出てはいかない。圭吾を愛している。離れられない。アキへの裏切り行為であると知りながらも……。

噂をしているという女衆の部屋を横目に階段を上り、村が浮かび上がる屋根裏部屋のカガミの前に立つ。（カガミよ。脱皮殻を残して消えた生身の白蛇、御神体はどこにいるの。白い大蛇がいるというあの高い山へ行ってしまったの。どこにいるの御神体は。教えておくれ）柳行李の中の母の作った作業着を胸に当てる。（村には戻らんで母あん。圭吾はんと別れるのはいやなんや。圭吾はんを失いたくないんや。失わずに済むためにはどうすればええか、母あん、教えてえな。なあ母あん）カガミの中の母に懇願する。

泥鰌汁を添えた夕飯を持ってアキがやってきた。

「ここでの最後の食事や。明日朝早く、出て行きなはれ」

アキは階段を下りていった。眠れないまま朝がきた。明け切れない朝は静かだった。突然闇を破るような部屋のドアを叩く音がした。いやな予感に、そっと開ける。いきなり入ってきたのは父だった。前日のうちに知らせが届いていたのだろう。父は黙って荷物を纏め始めた。

「何すんねん。村へは帰らんで」

父の手から荷物を奪う。

「ようも世間に顔向けでけんようなことをしてくれおったな。恥曝《さら》しな」

「父あん。勘弁してえな。圭吾はんと離れとうないんよ。父あん」

「まだそないなことを言うておるんか。さっさと支度せえ」

父はおおまかに纏めた荷を脇に抱え、苛々している。

「早うせんか。早うせえ」

無理やり手を引かれ、階段を下りた。奥の部屋のアキの前で正座する。

「圭吾はんに会わせてください。会わずに出て行きとうないのです。どうか会わせてください。お願いします」

いややいややいややといつまでも駄々を捏ねてはいない十七歳の胸の内が、冷静に、落ち着いて、言わせる。

「圭吾はおらん」

「お帰りになるまで、どうか待たせてください」

「その必要はない、村へ戻りなはれ」

「では、これだけは受け止めてください。圭吾はんと離れとうないのです。圭吾はんが好きです」

それだけ言って、屋根裏部屋へ戻った。カガミの前に立ち、(小麦色の体を思い出してや、圭吾はん)そういうと張りつめていた気持ちが一気に緩み、とめどなく涙が頬を伝った。しばらくして、隠れるように圭吾の部屋へ行き、地球儀の下へ、書き置きを残した。（圭吾さんとは離れて暮らせません）わずかそれだけだ。

九年前八歳で自分自身を納得させ、この街の人間に成り切るという信念を抱いて、たった一人で越えたシシ山を、今、目的半ばで父に付き添われ、後ろ髪引かれる思いで村へ向かっている。

殻を脱ぎ切れない蛇は、体に残っている殻を石に叩きつけたり木に擦《こす》り付けたりして脱ごうとする。だがその甲斐もなく、なまなましい赤い体を残したまま力尽きて死んでいく。道ならぬ道に迷い込み、脱ぎ切れない殻を体に残したまま力尽きて死んでいく蛇。八歳で山越えをした強靭な蛇。力尽きて死にはしない。（九十歳で殻を脱いだ御神体よ、八歳で山越えをした強靭な蛇の復活はあるか。道ならぬ道は、街の人間になり切ろうとする信念の挫折そのものか）脱ぎ切れない殻を脱いで先へ進む術を教えてほしい。石に叩きつけても木に擦りつけても殻を脱いで先へ進みたい。

父は黙ったままだ。突然引き返してしまわないとも限らない娘を先に歩かせ、まるで警戒でもするように息を凝らして山の坂道を村に向かっている。父にはあのときも心配をかけた。父は咄嗟に土間に下り、伊勢屋の女社長に手をついて、娘を頼む、と深々と頭を下げた。土間に手をついて頭を下げる惨めな父の姿を見たくはなかった。今度も、世間に顔向けできないようなことをするなといった父を辱めるようなことをしてしまった。こうなった以上、恥を忍んで村の中でじっとしている以外に方法はないか。復活への道は閉ざされたか。それ相応の家から嫁を取ることになっておる。胸に突き刺さったアキの言葉だ。しかしそれとはまるで無関係に、アキへの裏切りと思うこともなく、圭吾との夢のような世界に浸っていた。

この貧しい村からあの街へ出て身を立てた者はおらん。ほんなら自分が身を立てるか。貧しい村でのたった一人の成功者として。小さな胸で祖父を見つめ、そう思った。すると俄かに心が動いたのだ。立派な織子になってあの街の人間になれば貧しい村でのたった一人の成功者になると。縋りついた伊勢屋でアキに仕えた。そのまま行けばよかったのだ。何を血迷った。奉公人の身でその家の主を好きになるなんて。（ああ、九十歳で殻を脱いだ御神体よ、道を外して死んでいく子蛇に復活への道は閉ざされたか。望もうとするのは間違いか。どうか平らな心で判断してほしい。結果がどうあろうと恐れはしない。自分がしたことへの正しい答えと判断する……）子蛇の復活否かは、御神体の平らな心に懸かっていた。

ようやく頂上へ辿り着いた。あの時、頂上まで行けばあとは都へ下るだけであると、空を焦がす明るい街を見下ろした。二度とこの景色を見ることはないだろうと。そして梅干しの入った握り飯を食べた。それはそのまま母への餞別だった。今、アキからの弁当を開く。二人が山を越すのに腹が減ってはと、裏切った子へ、歯を食い縛って作っただろう弁当。喉へつまって落ちて行かない。父はその弁当に手がつけられない。（途中で帰ってきてしまうようなら初めから行かんほうがええ）そういって戒めた祖父は道半ばで追われた子をどのような顔をして迎えるか。妹らは、十五歳、十三歳、十一歳と、勘の働く年齢になっている。彼女らの目が恐ろしい。

下りに差しかかった。坂道を村に向かって下る。日本海から吹き付ける風がシシ山の頂を経て、村へ、歩の進まない身の背を押す。この風は村に厳しい。作物の成長を妨げる。草むしりに通った山の畑に、今ごろは何が植わっているのだろう。（ああ、時間よ止まっておくれ。圭吾が今ごろ何をしているか教えておくれ。書き置きを読んだだろうか、教えておくれ）

村まではまだある。母と山菜を摘んだ麓近くまではきている。母は世間に顔向けできない娘をどう迎えるか。目を合わせようとしない母の顔がよぎる。物も言わず坂を下っている父の背の袋の中には、それまで身に着けていた紬の作業着は入っていない。木綿の作業着から絹の作業着に格上げされた紬の作業着。小さくて可愛らしい殻でも、きれいに脱皮ができたと誇らしげに思っていた。しかし脱皮は、苦しみの後の漲った体にくるものだ。苦しみもなく贈られた紬の作業着は伊勢屋に馴れ親しんだことによるアキからの褒美に過ぎない。道ならぬ道に迷い込んだ子蛇は、殻らしい殻も脱げず、男に恋したまま死んだのだ。(蛇の脱皮にはな、死んで再び蘇るという意味もある。蘇るたびに強くて新しい蛇になっていくのや)祖父の声が聞える。(ほんなら祖父あん。男に恋して死んだ子蛇でも、生き返ることができるんやな。諦めなくてもええのやな)無理にも明るい先を見る。

村の入り口に辿り着いた。家が点在する辺り、九年前と変わっていない。村に何本かある大木も、大きくもなっていなければ小さくもなっていない。

母が迎えに出ていた。草の生い茂った畑の中に立っている。足早に近づいて行った。

「母あん」

「おお。元気そうやな。遊山《ゆさん》やな」

遊山。道を外して戻された子を母は、恥曝しな、とはいわずに、わずかな期間の休息、遊山、として迎えた。そう、遊山や。死んだ蛇が再び蘇るまでの休息や。固まっていた体が軽くなった。妹らも迎えに出ていた。

「姉あん。母あんの乳が恋しうなったんやろう。たくさん飲んでお帰り」

お帰り。そう、帰るんや。どうあっても街へ帰るんや。街の人間やで。機会は必ず訪れる。信念さえ抱き続けていれば訪れた機会を逃すことはないはずだ。それまで、落ち着いて村の日を過ごすことだ。

縁側に座って庭を眺めている祖父に近づいて行った。あれからの九年は、祖父の身には厳しかったと見え、頬の肉が落ちている。体も気のせいか細くなっていた。

「祖父あん」

「おお、よう帰ったな」

祖父は何の屈託もなく笑顔を見せた。並んで、座った。

「あの利かん子がきれいな娘になりおって」

瞬間胸が熱くなった。

「人生はな、何が幸せをもたらすか、何が不幸をもたらすかわからん。そのときがくるまで誰にもわからんのや。焦っては見えるものも見えんようになってしまう。じっと待っておれば、生き方は自然に決まるものや。じっと待つことや」

祖父は庭を見たままでいった。祖父には道半ばで帰ってきた娘の心の中が見え過ぎるほど見えていた。何が幸せをもたらすかわからない。圭吾を好きになったことによる、最たる不幸。その不幸が幸せに転ずることがあるだろうか。そのときがくるまで誰にもわからない。じっと待っていれば生き方は自然に決まる。

祖父の傍らで、目を閉じる。この祖父とは、これが最後のような気がしてならない。祖父の仕事であった薪割りは、母に代わっている。

「祖父あん」

「なんや」

「祖父あん。祖父あん。祖父あん」

声が枯れるほど呼んだ。霞んだ遠くの空を見て、呼んだ。

村での暮らしは九年前と少しも変わっていなかった。変わったことといえば、妹らには家の仕事や勉強があり、背負って通った山の畑への道は一人になったということだ。帰り際の暗くなり始めたころの、シシ山上空の今となっては赤いとも感じない空を仰ぎ見てたった一人で乗り込んだ八歳の自分に冷や汗を流す。怖いもの知らずに突っ走った子をアキは受け止め、我が子でもあるかのように可愛がり、機織、経理、世の中の動きに伴う経営の難しさなどを厳しく教え込んだ。それはまるで実の子の圭吾より目を掛けているかのようであった。それにも関わらず、置かれた立場を無視し、圭吾に走り、アキを裏切ることになった。あの家には戻れない。アキを裏切ったあの家には戻れない。しかしあの家には圭吾がいる。圭吾に会いたい。圭吾への思いは募るばかりだった。

山の畑への一人の道は辛い。アキを、圭吾を、思い出す。人は不幸せであるとき、幸せであった過去を振り返る。一人で通う山の畑への道筋に、九十歳で脱いだ白蛇の脱皮殻はなかった。くる日もくる日も桑畑への坂道を登った。

ある日、一メートルもあろうかと思われる真っ白な蛇の脱皮殻を目にした。頭の先から尾の先までわずかな綻びもなく見事に脱げている。あのときの、九十歳で殻を脱いだあのときの蛇だ。九年後に殻を脱ぎに故郷へ帰ってきたのだ。殻を脱いだ生身の白蛇、御神体はどこにいるのだ。どこへ行ったのだ。姿を見せてほしい。九十九歳で飾った故郷での錦を、屈んで撫でる。掌《てのひら》にいとおしさが伝わってくる。この村にいつまで留まれるかわからない身の、これがこの白蛇の、最後に見る脱皮殻になるのではないか。その顔を覗き込む。何回も殻を脱いで生と死を繰り返して年を重ねた深みのある顔。あのときと同じように、口許には笑みが浮かんでいる。心安らかに日を送りたくなるような笑み。同じ場所で、同じ脱皮殻に九年後に巡り合うとは何と縁の深いことか。

高鳴る気分で、母のいる家に向かった。夕食に、鯉のあらいが用意してあった。身を冷水で洗い縮ませた、鯉のあらい、物日にしか食卓に上がらない大の御馳走。脱皮殻に遭遇した喜びに加えて、食が進んだ。母は三日に一度、鯉の料理を用意した。

その日は、鯉濃《こいこく》だった。輪切りの鯉を、味噌汁仕立てにした旨いはずの鯉濃が喉へ落ちていかない。口許までも近づけない。匂いがそれを拒む。

「どうしたんや」

母は気づいた。子が腹にいると。

不思議はなかった。しかし伊勢屋へ戻りたいことばかりが先行し、そのことへの注意が疎かになり、気づかなかった。圭吾の子が腹にいる。この身はどうなる。じっと待っていれば生き方は自然に決まる。焦っては見えるものも見えなくなってしまう。(祖父あん。どうしたらええの)

「いやでも食べ物は一旦喉へ落とすことや」

腹の子のためにと母はいう。丈夫な子を産めということだ。

ある晩、母と父との話し声を耳にした。(子を貰うてくれる人、早急に探さなあかんな。

粗相の子やでな。恥曝しな）（そないなことせんかてうちの子として産めばええやないか）（花緒の妹としてか）（それしかないやろう）

母が産んだ子、とするつもりだ。圭吾に知らせたい。腹に圭吾の子がいると。圭吾には隣町に、仕事をほうりだしてまでも通っていた好きな女がいた。子が宿ったといっても聞く耳を持たないだろう。何より恐ろしいのは頑ななアキだ。圭吾にはそれ相応の家から嫁を取る、といっていた。救いの手があろうとは思えない。腹の子を掌で覆っては過ごした。

季節が移り変わるころになると腹が目立ち始めた。母の乳が恋しくなったのだろう、たくさん飲んでお帰り、といったあのときの妹らが避けて通る。責め立てられているようで辛い。居場所がない。（僕は伊勢屋の跡取りだ）と腹の子がいう。その腹の子のためにも伊勢屋へ戻らなければならない。伊勢屋には腹の子の父親がいる。戻らずして他人の子にすることはできない。どうあっても戻らなければならない。立派な織子になって身を立てる、そういって村を後にしたあのときの勢いで。アキがこの身を引き取ろうと引き取るまいと。（祖父あん。突っ走るで）力強い言葉が飛び出す。

村を出る日取りも決まらないまま日が過ぎていったある日、母が郵便物を持って現れた。

「おまんに手紙や」

圭吾からだった。受け取りはしたが恐ろしくて開けられない。母が封を切った。たった一行だけ記された便箋をこちらに見せた。(帰ってきてくれ。待っている)涙でその字が見えなくなった。圭吾を好きになったことがあの家を追われた最たる不幸のはず。最たる不幸が幸せに転ずることがあるのだ。圭吾は待っている。帰ってきてくれといっている。じっと待っていれば生き方は自然に決まるものだ。祖父がそう言った。そのときがきたのだ。(脱皮を繰り返して強くて新しい蛇になっていくでえ。祖父あん見ておってや)

早くも気はあの街へ飛んだ。母は妹らを呼んだ。

「姉あんが山を越えて伊勢屋はんへ戻る。おまんらは姉あんを伊勢屋はんまで送り届けえ。忘れてならんのは、姉あんは一人ではないということや。腹の子と二人や。二人が無事に伊勢屋はんに納まってこそ、送り届けたことになる。姉あんをただ預けて帰ってきたのでは子供の使いや。腹の子と二人、無事に納まるのを見届けて、帰って来るのや。腹の子を不幸な子にしとうないよってな。わかったな。わかったら行け」

母は、目立ち始めた腹に帯を巻いた。握り飯を作った。鯉の佃煮を煮た。出掛けに、(これを飲みなはれ)たっぷり入った鯉濃のどんぶりを目の前に差し出した。

妹らと共に、その日のうちに家を出た。辺りが暗くなり始めていた。妹らの足は早い。

シシ山の坂道を頂上目指して登る。

「姉あんは、急いでは登れんやろう」

「順番に手を引いていけばええやないか」

「そうやな。二人分は重いで」

三人それぞれが身重の姉を思いながら登る。

「姉あんが今度村へくるのはいつやろう」

「姉あんはもう村へはこん。あの街の人間やで」

次女の月緒がしっかりした口調で美穂に言った。

「ほんでも、時々は元気な顔を見せに帰ってきてほしいんや。祖父あんも母あんも父あんも待っておるで」

末の妹の志緒の、時々は元気な顔を見せに、という言葉にいたらない我が身をふり返り、冷や汗が出た。あの街の人間になれば村とは直接関わりのない、通り過ぎた人生でしかない、と半ば縁が切れたかのように思っていた。しかし忘れたわけではなかった。カガミに村を映し出し、祖父や両親、妹らを思い浮かべ、話し掛けたり喜んだり悲しんだりしていた。村は支えだった。しかしその村へ帰るのは、街の人間になり切るまで、いや、身を立てるまで、と心に決めていた。途中で帰ることは敗北に等しかった。自分なりに野心を抱いて出てきたからには、苦難の顔は見せられない。成功者としての顔を持たなければ帰ることはできない。成功は、苦悩による殻を脱ぎ続けての賜物だ。脱ぎ続けて、成すべき仕事を全うして、村へ帰る。それが自分の生き方だった。生き方を変えてまで、村へ帰ろうとはしなかった。成功の途中には、数え切れないほどの苦労があろう。その苦悩の顔を見せてはならなかった。見せるべきは、穏やかなしかも美しい最後の殻を脱いだ顔であった。

妹らは立派な大人になっていた。脱ぎ切れない苦難の殻を抱えて村へ足を運ぶのもよいではないか。村は、母は、愚痴を吐きたくなるわが子を待っている。よう帰った。喰え、喰えとご馳走を作る。そこには敗北者も成功者もない。喰っている姿を見て涙を流して喜ぶ。苦難に立ち向かう度に、殻を脱ぎ、同時代をいく妹らと共に力を合わせるのもよいではないか。妹らよ、一緒に歩んでいこう。初めての山越えが妹らにはきつい。暗い坂の途中で立ち止まっては溜息をついていた。道端に座り込み、暖かみの残っている茶を飲んだ。（眠ってはあかんで、まだ先が長いでな。すぐに出発やで）瞼が閉じかかっている末の妹の志緒に月緒が言った。落ち着く間もなく再び山道を登る。誰も何も言わず、ひたすら登る。夜明けにはまだ遠い夜半に、月緒が妹らに声を掛けた。（みなよう登ってきおったな。

この辺で朝食にするか。疲れが限界やでな）美緒と志緒が包を開けた。梅干しの入った握り飯、根菜類の煮物、それに鯉の佃煮だ。それぞれ母の心の籠った料理を黙って賞味する。食事が終わると、妹らは持参の風呂敷を道のわきに広げ、体を横たえた。

寝息の聞こえる中で、今は不憫としか思えない腹の子に囁き掛ける。（里子にも、施設の子にもせんで、安心して産まれてきてや。何があろうと手放したりはせんでな。どないな環境にも負けん大きな人間になってや）この腹の子の歩む道は、いつどこで、誰が決めるのか。すでに決まっているのか。頂上近くまで辿り着いていなければならない夜半に、妹らはまだ眠っている。起こさずにおく。早かれ遅かれ伊勢屋へは着く。焦る心を抑えて妹らの寝息を聞く。山の上空が街の明かりで真っ赤だ。今頃伊勢屋は眠っているだろう。夜半の機織り機は動いていない。夜は女衆を休ませている。月緒が目を覚ますと、続いて美緒と志緒が目を覚ました。妹らは急ぎ、敷物の風呂敷を荷に納め、寝過ごした時間を取り戻そうとして物も言わず頂上目指して坂道を登り始めた。苦労を掛ける姉として情けなく心の中で謝罪し、黙って後からついていく。足許の木の根を跨ぎ、続く林を抜け、予定を大幅に上回った昼を過ぎた時刻に頂上に着いた。そこは嘗て真夜中に明かりを落としていない輝くばかりの街を見下ろした夜更けのシシ山の頂上だ。今、頂上の上空は輝いていない。明かりを落とした昼の街の色だ。

「頂上やでぇ。伊勢屋はんが見下ろせる頂上やでぇ」

「伊勢屋はんはあの街のどの辺やろうか」

妹らは一息入れ、早くも日の沈む下りの坂にかかった。（すぐ下に見えても街は遠い。立派な織子になることだけを考えるんや。それが家族を後にして出て行ったおまんの責任や）どこからともなく聞えてくる祖父の声。あの街の人間になる、と意気込んで、九年前、山越えをしたときのことが思い出される。そして今、振り出しに戻った。いや、戻ってはいない。腹の子と共に輝かしい未来に向かっているではないか。前進あるのみだ。何を恐れよう。あのとき、坂を下って街に辿り着くまで、時間がかかった。しかし希望に燃えていた胸の内がそれを苦に感じさせなかった。そこで最初に出会ったのがアキだった。アキがあの家に引き寄せた。そのアキを九年後に裏切った。当然のようにあの家から追われた。そして今、再びアキを頼っている。すんなりとは迎えてもらえないだろうアキを。腹にはアキの血の繋がりの子がいる。その子を、不幸な子にはしない。アキの孫だから。圭吾の子だから。暗くなり始めた坂道を下る。下り切るまでは、まだ、ある。

「頑張って行けるだけ行くしかないな」

「こうなったら慌てない。夜道は陽が暮れないというではないか。はははは」

この屈託ない妹らに支えられてここまできた。山道は危険が多い。まして夜道ともなれば道に横たわる木の根に蹴躓く。妹らから声が出ない。坂道を下るだけが精一杯だ。腹の子に手を当てる。（もう少しでおまんの運命が決まるで。安心して産まれてきてや。おまんの誕生をみな待っておるでな）立ち止まって木の間から下を覗く。夜を通して仕事をしている工場の灯で街は明るい。一刻も早く伊勢屋に到着したいという思いと、後ずさりする思いとが頭の中で交錯する。

「この辺で一休みやな。腹ごしらえもええな」

包を開けた月緒が、ひそひそ話をしている美緒と志緒に、握り飯を手渡す。

「伊勢屋はんは姉あんのくるのを待っておってくれはるやろか」

「さあ、連絡しておらんやろからな」

「腹に子がおることを知っておるやろか」

「知らんと思うよ」

「するとそのまま帰されることもあるということやな」

「送り届けるということはどういうことや」

「腹の子と二人が無事に伊勢屋はんに納まってこそ、ということやろう」

妹らの内側の声に身が縮む。

圭吾の手紙が、アキの許しを得てのものか、圭吾独自の、アキには内緒のものか、まったくわからない。一行が伊勢屋に向かっていることも、圭吾の子を宿していることも、圭吾もアキも知らない。腹の子が施設の子になるか、里子に出される子になるか、母親と共に見知らぬ男に引き取られて行く子になるか、わかりはしない。

ようやく街と山との境の麓まで辿り着いた。（もう着いたと同じや）誰にともなく声を掛けた。妹らが元気を取り戻した。伊勢屋までの慣れた道を足早に歩く。灯を落としていない明るい工場の並んだ街の中を妹らは、辺りを見廻しながら着いてくる。伊勢屋の表玄関の前に立った。夜になる前に仕事を切り上げる伊勢屋は真っ暗だ。

「こんばんは。花緒です」

戸を叩いた。

「花緒です」

力いっぱい叩いた。戸は開かない。勝手口へ廻った。アキに案内されて初めて伊勢屋へ入ったときの入り口だ。引き戸に手を掛け、引いた。鍵の掛かった戸は、力を入れても開かない。叩いた。力いっぱい叩いた。

「花緒です」

明かりは点かない。何度叩いても明かりは点かない。

「お母はん、花緒です。開けてください」

引き戸に握り拳を当てたままじっと立っていた。妹らはただ黙って互いに顔を見合わせている。開かない戸を背に、屈み込んだ。妹らも屈み込んだ。両手で顔をおおってじっとしていた。中は真っ暗で開く様子はない。堪り兼ねた妹らが立ち上り、握り拳で続けざまに引き戸を叩いた。台所の明かりが点いた。引き戸が開いた。

「何時やと思うておる」

アキだった。

「お母はん」

思わず呼び掛けた。

「何しに来おった」

「圭吾はんから手紙を貰うたで」

「圭吾はおらん。用事で出ておる。今夜は戻らん」

戻らない。アキは身重のこちらをちらりと見た。そして妹らに視線を移し、言った。

「あんたら誰や」

「姉を送り届けにきた妹らです。山を越えてきました。姉の腹の中には圭吾はんの子がいます」

「山越えをしてきたんか」

「はい」

「夜中の山越えは辛いわな」

アキはそういったまま、ちらちらと一行を見ているばかりで言葉を続けない。妹らが耳元で囁いた。

「姉あん。ここまで無事にこられてよかったな。あとは腹の子と二人が伊勢屋はんに無事に納まることやな。納まってこそ二人を送り届けたということになるでな」

それまで黙っていたアキが、妹らを家の中へ導いた。

「ま、お入り」

妹らは、それとなくこちらを見、遠慮勝ちに入っていった。

「おまんも入り」

厳しいアキの言葉だ。その中に優しさを感じたのは気のせいか。

「お母はん御免なさい。お母はんを裏切るようなことになってしもうて」

身重の腹から目を逸らすようにして家の中へ引き入れるアキを、まるで初対面の人に案内されるような重い気分で、部屋に入った。見慣れたはずの台所も食事用の大きなテーブルも、固まって見えた。

「あんたら腹が減っておるやろう」

空腹に違いなかった。しかし誰も何もいわない。初めての家の中を妹らが見るともなく見ているうちに、盆に載せた食べ物がアキによって運ばれてきた。

「こないなもんしか残っておらんで。これでも腹の足しになるやろう」

ご飯に添えた香の物と、常備食としての小鮎の佃煮、それに泥鰌汁が添えてあった。泥鰌汁。なまなましい赤い体から抜け出そうとして必死で摂取した泥鰌汁。アキがどうして自分を裏切った憎い相手の、好んで食していた泥鰌汁を、意地でも与えたくないはずの泥鰌汁を、まるで歓迎でもするかのように出してきたのか。息子の子を孕んだ女が憎くないのか。息子にはそれ相応の家から嫁を取らせることになっておる、と言っていたアキではないか。そのアキが泥鰌汁を出してきた。妹らはそんなことには関わりなく、出されたものすべてを残らず食べてしまい、物足りない顔をしている。アキが次に出してきたのが文明堂のカステラだった。妹らは目を見張った。

「秀吉も食べただろうと、かつて先生が言っていたそのカステラや。ここは村と違うて街やな。早速頂こう」

「あんたら、山越えは初めてか」

「三人とも初めてです」

「幹線道路がでけんとあかんわなあ。いつまでも山越えではな」

「カステラ、旨いです」

「ほうか。ほんなら明日、土産に持って帰るとええ」

明日。明日帰ってくる圭吾を待たずに帰れない。腹の子と二人が無事伊勢屋に納まってこそ、送り届けたことになる。

アキの部屋に床が延べられた。

「枕を並べたほうが楽しいわな。みな一緒にな」

九年前、八歳でこの家を訪れたとき、アキは、別の部屋に、自分一人だけの床を延べなかった。（子供かて気を許せんでな）アキのかたわらでまるで監視されるように一夜を過ごした。アキの優しい顔の裏は図れなかった。

圭吾の帰りを待つだけの朝を迎えた。妹らとこの日を悔いなく過ごしたい。屋根裏部屋のカガミへ案内する。夏には山椒の緑が陰を作り、冬には裸木がシシ山の向こうの村を浮かび上がらせる。縦長の硝子窓は日に日に成長する体をつぶさに映してきた。

「姉あん。この窓硝子に腹の子が映るやろか」

「映るわな」

「ほんまか」

「ほんまや」

「映してみぃ」

小麦色の堂々とした腹が緑の山椒のカガミに映った。

「この辺が頭やろか」

「そこは足やろう」

「ほんなら頭はどこや」

妹らがカガミの中の腹に手を当てる。頭はまだ下りてきてはいない。月緒が頭の辺りを探る。

「ここや。ここが頭や。動いたで。何やらいうておる。（僕、伊勢屋の一郎や）そういうておるのや。一郎やて」

美緒と志緒が代わる代わるカガミの腹に耳を当てる。

「なんも聞こえんがな」

月緒は得意顔をしている。

この子は一郎。腹の息子を撫でる。今はただ、無事に生まれてきてくれることを祈るばかりだ。

「蛇は何回も苦難に耐えて強くて新しい蛇になっていくのや。自分の殻を脱いでな。それを脱皮というのや。祖父あんがいうておった。死んで再び蘇るという意味もあるんやて。古い自分を捨てて新しい自分になることや。山の畑への道すがら見た蛇の真っ白い脱皮殻な、あれは白蛇の、あの白蛇はな、御神体やで。ほんでな」

「姉あん。大丈夫や。伊勢屋の子として産まれてくるで。心配せんかてええ」

空元気を出している姉の胸の内が、月緒には痛いほど理解できたのだろう。何の進展もないまま時間が過ぎていくことに苛立ちを感じていたのは妹らも同じに違いない。アキが階下で呼んでいる。

「スイカが冷えておるで、下りてきなはれ」

大き目に切り分けた真っ赤なスイカがテーブルの上でみずみずしい。井戸の豊富な冷たい水で冷やされたスイカは熱い体に生気を蘇らせる。多分昨夜のうちに井戸の冷水に浮かべて置いたのだろう。気味悪いほどのアキの優しさ。追いやったはずの憎き奉公人になぜそこまで優しくするのか。冷えたスイカを妹らは無遠慮にかぶりつく。

「冷とうて歯に染みるようでうまいなあ……」

妹らの明るさが幸せの予感を抱かせる。きっと善き知らせを持って圭吾が帰ってくる。

「これからな、小鮎と小海老の佃煮を作るで、材料を買いに店屋へ一緒に行かんか」

アキが妹らを誘った。

「行くで、遠いやろか」

「すぐそこや」

機嫌のよいアキに疑問を抱くこともなく、喜ぶ妹らの周辺が一点の雲もないように明るい。彼女らのいない家の中で圭吾の部屋へ行ってみた。あのとき置いて出た地球儀の下の書き置き。そっと持ち上げたそこに書き置きはなかった。圭吾はあの書き置きを見た。確かに見たのだ。そして、あの手紙を書いた。(帰ってきてくれ、待っている)と。

材料を仕入れてアキと共に戻った妹らが、アキの指示に従い、小鮎、小海老、それぞれ、佃煮に取り組んだ。醤油、砂糖、味醂《みりん》での、たっぷりとした汁に山椒の実を加え、掻き回さずに一時間煮る佃煮は、料理人顔負けのアキならではのものだ。大鍋の中を覗いては煮えていく小鮎、別の鍋の小海老、それらを興味深そうに覗いては顔の汗を拭う妹らに、同じように顔の汗を拭っては覗いていたあのときの苦労の陰もない自分を重ね、笑みを浮かべながらも、圭吾を待つ身が虚しい。小鮎、小海老の佃煮が膳に並んだ夕食を前にしたそのとき、待ちに待った圭吾が戻った。

「姉を送って山を越えてきた三人の妹です。お待ちしておりました」

月緒が自分らの存在を圭吾に伝えた。圭吾は予想もしていなかった賑やかさに、一瞬こちらを見たものの、呆気にとられ、受け答えができないでいる。アキが圭吾を別の部屋へ誘った。やがて二人は出てきた。待ち兼ねたように月緒が圭吾にいった。

「姉の腹の子を、伊勢屋はんの子としてこの家で産ませてやってほしいのです。見知らぬ男の元へ送り込むようなことはしてほしうないのです。腹の子は、この伊勢屋はんの血を引いた子です。圭吾はんの子です。この家の子として、この家で産ませてやってください」

月緒の目には涙が光っていた。

「わかった。もうええ」

しかし妹らの訴えはそれで終わらなかった。更に月緒が続けた。

「苦難に遭遇しては蛇が殻を脱いでいくように、姉は姉としての殻を脱いで、強くて新しい人間になっていこうとしているのです。そして念願の伊勢屋はんへ辿り着いたのです。その家の息子はんを好きになって、追われた。家柄の違いで追われたのです。誰が悪いのでもないのです。そういう時代ですから。でもそんな時代は長く続かないと思っています。人が人を差別するなどよくないことです。貧乏だから追われた、というのが、くやしいのです。人の価値は貧乏や金持ちで決まるものではないはずです。姉もそう思っているに違いありません。姉にはこの家の息子はんの子が宿っているのです。姉の腹の子は、同じ血を持ったこの家の子です。この家の子になる運命の子です。どうか姉を、姉は貧乏な家の娘ですけど、どうか姉を、この家の一人として置いてやってください。お願いします」

畑の隅で黄色い花を摘んで遊んでいたあの時の六歳の月緒が、自分の子を守り通そうとする母親のように、涙ながらに訴える。

「わかった。あんたらのお姉さんは、この家の嫁だ。母も、あんないい子は探してもおらんというておるのです。立場上、取らなければならない行為はあったようだが、心の中では帰ってきてほしいと思っていたに違いないのです。それは自分も同じで、身辺をきれいにして、希望を繋いでいたのは確かです。子供を授かっていたと知ったら、喜んで迎えに行ったはずです」

「ほんなら圭吾はんもお母はんも、姉は伊勢屋はんの嫁でええ、と思っていてくださるんですね。これで家へ戻って、母に報告できます。母も喜びます」

妹らが手を取り合って泣いた。アキも圭吾も目を抑えた。妹らは、心の暖かい家族思いの人間になって、姉の窮地を救おうと必死に訴えた。その妹らを忘れてはならない。決して忘れない。家族を、村を、忘れない。

翌日、カステラ、小鮎と小海老の佃煮、アキから贈られた紬の作業着など、持ち切れないほどの土産を手に、妹らはアキと圭吾に見送られ、シシ山の坂を、村へ帰っていった。

やがて迎えた涼秋の朝、前夜から痛み出した腹が激痛に変わり、出産の兆候を示した。

月緒が村からやってきた。

「姉はどないな具合ですか」

月緒は圭吾を捕まえて尋ねた。圭吾は部屋に入ったり出たりするばかりで落ち着かず、まともに返事ができないでいる。

「落ち着かなあかんやないか」

アキは圭吾にそう言いながらも、湯を沸かし産着を整える合間に、激痛に堪える顔の汗を拭いたりして、すぐには部屋から出ていかず、圭吾と出合い頭にぶつかり、罰の悪さに下を向いて通り過ぎるなど、落ち着きを失っている。月緒も機会を見て部屋に入り、(頑張るんやで。ええ子を産むんやで。伊勢屋の子やでな)と激励し、大きな腹の上に手を触れ、(元気で生まれてきてや。待っておるでな)と腹の子に呼び掛ける。忘れられないあのときの月緒の言葉が蘇る。(姉は姉なりに殻を脱いで強くて新しい人間になっていこうとしているのです。腹の子はこの家の子になる運命の子です。どうか姉をこの家の人間として、この家で、子を産ませてやってください)

激痛がやってきた。いよいよ生まれる。部屋の中は二十一年前に圭吾を取り上げた婆だけになった。間もなく婆の声が辺りの空気を破った。

「生まれるでえ」

その直後、大きな産声が辺りを震わせた。アキと圭吾が競うように部屋に入ってきた。子は丸々と太った色の白い男の子だった。きれいに拭った裸の子を、婆が、アキと圭吾の見守る前で、母親になったばかりのこの胸に抱かせた。(これがこの家の子として産まれてきた圭吾の子か。一歩間違えば施設へ送られる運命の子。母子共に見知らぬ男の元へ嫁がされずに済んだ幸運の子、よくぞこの家の子として産まれてきてくれた）圭吾にそっくりな子を見詰め、胸が熱くなった。無事に生まれてきてよかったというアキに子を渡した。

「色の白いきれいな子やなあ」

アキは涙を浮かべて喜んだ。月緒はアキの腕から移された初々しい赤子を胸に、（おまんは伊勢屋の子やで。強くて優しい子になるんやで。わかったな）などと、たった今生まれたばかりの、何もわからない子に言って聞かせ、（姉あん。よかったな。これで姉あんも伊勢屋はんの嫁やな。よかったな姉あん）と言い、アキと圭吾に深々と頭を下げた。

伊勢屋を追われた原因は圭吾との愛によるものだった。もし腹に圭吾の子が宿っていなかったら、伊勢屋へ戻る決心は鈍ったかもしれない。この街の人間になる、そう思って伊勢屋へ入ったにも関わらず。道を外して村へ追われた子蛇に復活は望めないか、望もうとするのは間違いか、どうか公平な目で判断してほしい。御神体に手を合わせ、抱える苦難を前にして泣いた。この街での先へ繋がる道が、たった今生まれてきた子によって現実になったことを思えば、命の子、と言わずして何といえよう。この、色の白いきれい子を、この家の子として産ませたのは、村の母を初めとする妹らの力添えは勿論のこと、どこかで生きている白蛇、殻は残しても姿を見せない御神体による加護でなくて何であろう。九年前初めて出会った畑への道での、そして九年後に再び出会った同じ場所での真っ白い脱皮殻の、こちらを見ている笑顔が蘇る。何回も殻を脱いで、生と死を繰り返して、年を重ねた深みのある笑顔。苦難に立ち向かっては殻を脱ぎ、また脱ぎ、何回でも脱いで、目的を達するまで志を捨てるな、ということを、あの笑顔は教えたのだ。この街の人間になって、父や母のいる村をいつかきっと自分が豊かにする、という硬い思いのあることを、御神体は見抜いていたのだ。

昭和三年〈一九二八〉十八歳で元気な子を、伊勢屋の子として産み落とし、子と共に伊勢屋の人間となった幸せを噛み締めた。産み落とされた子の泣き声で伊勢屋はいつにない活気に満ちていた。アキからは、萌葱《もえぎ》に染め上げられた縮緬《ちりめん》の、大よそ行きの着物が贈られた。最高級品の着物、夢の賜り物であった。胸に抱えると、喜びが伝わってきた。カガミの前に立った。苦しみのあとに訪れる漲った体がそこにあった。これこそが、強くて新しい脱皮した体に違いなかった。生まれてきた息子は、贈られた萌葱の中で育っていった。

昭和七年〈一九三二〉には、縮緬工業組合が設立され、生糸からセリシンなどの不純物を取り除く工場、精錬工場が設立されるなど、自場産業としての縮緬の産業革命は達成され、昭和一桁台は、空前の盛況と予想された通りになった。元々盛んであったこの地方の養蚕に拍車がかかり、原料の生糸の値段が安く、容易に手に入るようになったことが盛況に繋がった。株式、合資会社など工場経営にと、多くが発展していく中で、アキは動力織機を多少増やしただけで、女衆も雇い入れず、村から呼び寄せた妹らを臨時に雇うなど、ほぼこれまで通りの域に留まっていた。原料の生糸が欲しいだけ手に入ることによって、作業は捌け、伊勢屋の財産が増えるのに時間はかからなかった。

アキは増えていく財産を、次にくる予測できない時代のために蓄えることを念頭に置いた。ただしそれによって、家族での楽しみを奪うことはなかった。あの涼秋の朝、伊勢屋の子として産まれた一郎は、五歳を迎えていた。家の中は一郎を中心に廻った。とくにアキはどこへ行くにも連れて行き、（賢い子やでえ）などと例によって自慢して歩いた。圭吾も、自分に似ているという息子を常に傍らに置くなど、アキを上回る可愛がり方を示していた。地球儀の前に陣取って（今おるここはどこ。この広いところは何）などと圭吾に質問する息子に（ここは、日本の中のこの辺りや。そこは海や。太平洋や）と教えたりするのを何よりの喜びとしていた。

ある日圭吾は、子供の頃から夢に見ていた憧れの伊豆半島へ、家族四人、それに村の妹ら三人を加えて、七人で行くことにした。妹らは朝早くから、台所でぶつかり合っては黄色い声を出すなど、弁当作りに嬉々としていた。長い距離の道程を、圭吾は伊豆半島に向かって自家用車を走らせた。途中の景色に興味を示すのは圭吾ばかりで、他の者は眠っており、声をかけても起きない。いよいよ半島に差し掛かり、砂利道を走り出した頃にはみな揃って目を覚まし、中でも息子は目の前に突然現れた大海原を驚きの目で見入った。

「これが海や。広いやろう、太平洋や」

助手席の息子に圭吾が言った。

「違う。これは海やない。海は向こうに山が見えるんや」

違う違うと五歳の息子は地団駄を踏んで目を潤ませ、歯を食い縛った。

「よう聞け。これが、おまんが、地球儀に指をさして、この広いところは何、と言った海、太平洋や。今、あのときの、地球儀の太平洋ではなくて、地球上の、塩水を湛えた海洋、太平洋を目の前にしておるのや。太平洋は、西はアジア、オーストラリア。東は、南北両アメリカ。南は南極。北は北極海に囲まれた世界最大の大洋や。わかったか」

息子は圭吾の顔をじっと見ているばかりで返事をしない。無理もない。息子が知っている海は、湖だ。伊勢屋が存在するその辺りでは、近くの湖を、海と呼んでいた。埃を被りながら砂利道をどこまでも走る自家用車の中で息子はじっと海を見ていた。この海を見たこの日のこと、一生忘れない、と言っているような息子の、焼けつくような目があった。しばらくして自家用車は市街地へ入った。遊園地、動物園など、息子の喜びそうなところで停車した。しかし息子の頭の中には、海という突然の衝撃が居座っていてのことだろう何を言っても何を見ても黙ったままだ。そこでリアス式海岸の断崖絶壁を見せることにして、よく見える場所の浜辺に下りた。

圭吾は息子に、（海中に流れ出た溶岩が波に浸食されて）とリアス式海岸の説明をし始めた。（難しいことはまだわからんやろう）アキがそれとなく言った。（五歳や。わかってもええ年や。わからんかて、いつかは、ああ、あんなことを言うておったな、と思い出す時がくるものや）広い海を目の前にした浜辺で、断崖絶壁を臨みながら、しばらくの間休憩をした。村の妹らにも海は喜ばしい贈り物だった。靴を脱いで波打ち際に入り、服が濡れるのも構わず水を掛け合い、顔から水を滴らせながら嬉々としている姿はこちらをも幸せな気分にした。息子は相変わらず黙ったままだ。

「一碧湖へ行こう」

突然圭吾が言った。息子に湖を見せようという計らいだった。アキが妹らに声を掛けた。

「出発やでえ。早う海から上がりなはれ」

彼女らが波打ち際から上がるのを待って乗用車は目的地へ向かって走った。街を離れた辺りで、山を前にしたエメラルドグリーンの美しい湖面が、草木の間で光っていた。一行は乗用車から降りた。周囲には道もなく、建物の一軒もない静かな山の中の湖だ。

「これが湖や。地球の表面上の塩水を湛えた海と違うて、陸地に囲まれた池や沼より大きい淡水の窪地や。海は塩水。湖は淡水。そこが海と湖の違うところや。この湖は、周囲が四キロで、瓢簞型をしておるのや。覚えて置き」

圭吾の話をじっと聞いていた息子が（わからん）と言った。

「なにがわからんのや」

「海と湖はわかった。けど家の近くの、夏になると泳ぎに行くあの海は、向こうに山も街もはっきり見えるで、広い海とは違うて陸地にある湖やな。海やないのになぜ海なんや」

圭吾は、成長した五歳の息子にたじたじとした。

「それはな、海と言うても間違いとは思えないほど湖が大きいよって、水の海、海といわれるようになったんや」

「ほんまか」

「ほんまやがな。誰が嘘を言うものか。昔から言われておることや」

「海の話はもうええから、この辺りで一休みせんか」

エメラルドグリーンの美しい湖面を前にアキが草叢を均《なら》して敷物を広げた。妹らが弁当や菓子や飲み物などをリュックサックから取り出した。

「この小さい湖の、四キロの周辺に小道ができて、人で賑わうようになるのは何年先かな」

圭吾が遠い目をして言った。

「二、三十年先かもわからんな。人も知らんような小さな湖やで」

不愛想に言ったのはアキだ。

息子は黙ってお菜の味付け蜆を頬張っている。

「その蜆はな、おまんが泳ぎに行く湖で捕れたんや。周囲二百キロの湖でな」

息子は説明するアキの顔をじっと見た。

「二百キロ？」

「そこを自転車で廻る人が多いんよ」

「自転車で、一日かかるんか」

「一日ではとても無理や。二日や三日はかかるわな。初めての人は、一周は無理やで、ちょっと遠出をしてみるか、という具合に、短距離から始めるのや」

「行かなあかんな。いつがええのや」

「家の辺りは湖北やでな、日本海型の気候が冬には雪を降らせるで、道が雪で埋まってしまう。春か、秋か、どちらかや」

「どちらでもええな。二百キロか。この湖の周囲は四キロやな」

「そうや。自転車で一周しても十分もかからんやろう」

「四キロと二百キロか。二百キロはほんまに海や。水の海、海なんや。泳ぎに行くあの海は、ほんまの海なんや。そのうち自転車で一周するで」

息子は伊豆の空に故郷の湖を映し、誇らしげに、(あの湖は、ほんまの海、ほんまの海なんや)と言って叫んだ。目に輝きを見せた息子を中心に、妹らも充分楽しみ、伊豆半島を一周し、箱根の温泉宿で一夜を過ごし、帰路に就いた。息子に太平洋を臨ませ、家の近くの湖、海、を認識させた有意義な旅だった。

伊豆から戻った息子は、泳ぎに、湖へ行くことが多くなった。圭吾は息子に固く約束させた。

「日が暮れる前に戻って来ん場合は、家に入れんでな。必ず明るいうちに戻ってくるんや。

わかったな」

息子は元気で出て行った。ある時、泳ぎから、暗くなって戻った。圭吾は息子を家に入れない。泳ぎのままの濡れたシャツの息子は、戸の外で、叫んだ。

「開けてえな。次から陽のあるうちに帰ってくるで、開けてえな。なあ開けてえな」

開けてはならないと圭吾は言う。

「お父はん、開けてえな。お母はん、開けてえな。なあお母はん」

戸の内側で開けてやりたい気持を抑える。湖に呑み込まれる危険を考えればこその、父親としての、取るべき忠告だ。

「約束を破ったおまんが悪い。おまんが悪いのや」

「陽のあるうちに帰ってくるで、開けてえな。なあお母はん。開けてえな」

「もう少し辛抱せえ。約束を破ったおまんが悪いんやから」

腹の子が開けてくれと叫んでいた。（アキを裏切った自分が悪いんやから）村へは戻れない。伊勢屋にしかいるところはなかった。戸の外にしゃがみ込み、勝手口の戸の開くのをただじっと待った。

「次から明るいうちに帰ってくるで、お母はん、開けてえな」

外の声が止まない。いたたまれず戸に手を掛け、思い切って引いた。胸に飛び込んできた腹の子を抱き締めた。

「おまんは賢い子やで、ええ子やでえ」

息子は明るいうちに帰ってくるようになった。

圭吾は盛況下の中で家業の機屋を引き継ぐも、アメリカへ渡りたいという夢を捨て切れず、新製品の開発に取り組むこともしない。息子の成長を楽しみに、女衆の間を、縮緬の出来具合を見て廻るという日々を送っていた。製品の仕上がりの検査は依然としてアキが続けていた。

「この仕事、嫁のおまんに廻って来るのも遠くないわな」

咄嗟にアキを見た。間違っても弱音を吐くアキではない。伊勢屋は圭吾が後を継ぎ、孫も何事もなく成長し、ほっとしての安心感から休息が必要になってのことかと受け流しはしたが、初めて見るアキの寂しそうな様子に、胸騒ぎがした。

息子は泳ぎに行く時間を午前中と決めたようで、昼食時には戻って来た。味噌汁の匂いの立ち込める膳を前にした圭吾に、息子が尋ねた。

「網を張って、魚の通り道を作ると、魚がその通り道を伝って、網の中へ入って来る。そういう漁のあることは知っておるが、なんで魚は、捕られてしまうのがわかっておりながら、その道を通るんや」

「習性や。捕られてしまうとは思っておらんのや、魚らは」

味噌汁の匂いに、息子が（この椀の中身は何や。魚か）とこちらを見て言った。

「泥鰌や」

「泥鰌も網を張って通り道を作ると、その通り道を伝って中へ入るんか」

「泥鰌は小川におるで、網は使えん。使うのは竹で編んだ筒や。狭い口から中へ入って、筒に沿って奥へ進んでいくのは習性やと思うんやけどな。裏の小川に仕掛けると、おもしろいように、次々に入ってくるで。泥鰌らは、みな一緒で落ち着くのかもしれんな」

「仕掛けてみる。竹筒はあるんか」

するとアキが話の矛先を変えた。

「それよりな、忘れんうちに、伊豆半島での出来事を帳面に書いておきなはれ」

アキは大き目な和紙の帳面を孫の一郎に与えた。それはあの時の、アキから渡された自分の帳面と同じものだった。その帳面の表紙に、アキはそのとき、（木野花緒、八歳、いろは帳面、大正七年〈一九一八〉八月吉日）と墨で書いた。漢字を覚えるのが目的の〈いろは〉から始まる大き目の和紙の帳面は、すでに三十冊を越えている。どれだけの漢字や言葉を覚えたことか。この人に着いていけば間違いない。子供ながらにそう思ったに違いない。それは今も変わらない。この昭和一桁台の盛況下で、増えに増えていく財産を無駄には使わず、次にくる予測できない時代のために蓄えることを念頭に置くというアキの堅実的な考え。幸せの中にいると幸せを感じないという常の中で、アキは好景気に溺れることもなく、世を見据えている。これこそが、受け継ぐに値するアキの教えだ。息子のための和紙の帳面に、アキは、(伊勢一郎、五歳、いろは帳面、昭和七年〈一九三二〉八月吉日)とやはり墨で書いた。五歳の息子は、太平洋、という文字をアキに尋ねた。伊豆。湖。一碧湖。次々に尋ね、辛うじて形になった拙い文字を和紙の帳面に書き込んだ。午前中は泳ぎに湖へ、午後からは近所の子供らと好きなことをして遊び、帳面に向き合うのは夕食のあとだった。ある夕食後、息子に尋ねた。

「将来の希望、あったら教えて?」

するとと息子は即座に、(お父あんを連れてアメリカへ行く)と言った。何も言えなかった。この伊勢屋をどうするのか。背負って立っていくのではないのか。二人が地球儀に被さるようにして何やら話しているのを再三見てはいたが、夢を叶えられないでいる父親の心の内をわずか五歳にして見抜いていたかと思うと、頼もしくもあり、一方寂しくもあった。将来への子供の夢など、明日になればまた別の夢に代わってしまう儚いものであると知りながら、いつか現実になるような気がして頭の隅に張り付いた。
かつて圭吾のその夢を知ったとき、（アメリカでもどこでも、行きたいところへいけばよい。行かずに後悔しても始まらない。家の犠牲になって自分を捨てることはない。親は覚悟をしている）とアキの前では声を大にしていえなかった立場で、応援した。しかし今、親の立場になって、素直には応援できない自分がいる。親であればこそ応援の必要性を感じながら、家も親も捨てて出て行ってしまうのか、という思いが先に立ち、素直に応援できない。腹を痛めた命の子でありながら、別の人間を意識せざるを得ないとは、誰もが通る道であるにも関わらず、寂しい。取り乱してはならず、無理に心を落ち着かせ、表向きには理解ある親として、息子に言う。（父親と一緒にアメリカへ渡って、父親が適えられなかった夢をあなたが適えてあげてね）
親とは何と悲しいものか。この街の人間になり切るために文字を帳面に書いた者。その一ページには、挨拶、行儀、親切、思い遣り、など。この街での思い出を帳面に載せてアメリカへ発つ者。その一ページには、太平洋、伊豆、湖。一碧湖。そこには腹を痛めた命の子は、いない。漢字を書き込んだ息子の帳面は三冊目に入っていた。間もなく息子は学童になった。その頃になるとどれだけ衝撃を受けたかわからないあのときの、頭の隅に張り付いた、(お父あんを連れてアメリカへ行く)という息子の言葉が、僅かずつ剝がれ、(アメリカでもどこへでも行きたいところへ行けばよい。行かずに後悔しても始まらない。家の犠牲になって自分を捨てることはない。親は覚悟をしている。息子よ、アメリカへ行け、父親を連れてアメリカへ行け)あのときとそっくりそのままの圭吾への思いが、息子へ、子の幸せを望む親として、心から発せられるようになり、安らかな日々が頭の隙間を埋めるようになった。

そんな中で息子は学校へ通い、圭吾は仕事につき、アキはわが家のすべてを取り締まる立場で、伊勢屋は平らかに納まっていた。時間が解決させるのか、自然が忘れさせるのか、平らかになっていく不思議を考えながら、屋根裏部屋のカガミの前で、(いろは帳面)の三十冊余りに目を通していると、階下でアキが呼んだ。縮緬の、紫の風呂敷に包まれた重ねの重箱ほどの大きさの物が、アキの前に置かれていた。

「これ、おまんに預けるで」

預ける。途轍もない貴重なものに思え、アキが手を添えている紫の包みを見詰めた。

「それ何ですか」

「伊勢屋の財産や」

財産。頭がくらくらした。アキには圭吾という息子がいるではないか。なぜ血の繋がりのない自分に預けるのか。

「圭吾は仕事に身が入らん。金を持たせれば女に貢いでしまう。あの子は優しいでな。優しいだけでは会社を維持していくことはでけん。あの子には別途の、社長には相応しいだけの資産を渡してある。あの子への気遣いは無用や。あの子も納得しておる。元々あの子から出た話や。伊勢屋を維持していけるのはおまんしかおらんと」

あの子から出た話。圭吾はやはりアメリカへ行ってしまうのか。息子もいなくなってしまう。この伊勢屋に残るのはこの街の人間になりたくて山越えをしてきたかつての八歳の子供、他人。その他人以外はいない。アキはその他人に財産を預けようとしている。

「何も考えることはないやないか。おまんは織子としての技術も充分備わっておるし、会社の経営にも人一倍興味を示しておる。伊勢屋を担っていく身に何の不足があろう。圭吾も、おまんなら立派にやっていけると言うておる。頼むでな」

貧しい村からあの街へ出て身を立てた者はいない。それなら自分が身を立てる。村でのたった一人の成功者として。祖父を見詰め、小さな胸で確かに言った。今アキの願いを受け入れれば村でたった一人の成功者としての道に近づける。（チャンスではないか。何を躊躇しておる。早くアキの願いを受け入れよ。長い間アキに仕えてきたのはそのためではなかったか。お前は生まれた村に錦を飾りたいのだろう）体の中の鬼たちが胸の底で勝手なことを言う。人はみな、人の上に立ちたがる。故郷に錦を飾りたがる。それは並みの人間の思うこと。並みの人間の……。ならば自分も並みの人間に成り切るか。しかし前面にはこれまでにない大きな困難が待ち受けている。木の枝に擦りつけても石に叩きつけても一点の綻びもなく困難を乗り切ることができるか。自信を持って乗り切ることができると言えるか。失敗は許されない。

紫の包みがこちらに差し出された。街の騒音を締め出した脳裏に、（頼むでな）といったアキの静かな表情が目に映る。担っていこう。これからはこの伊勢屋を自分が担っていく。江戸時代から続くこの伊勢屋のアキの後を継いで……。紫の包を引き寄せ、重々しく頭を下げた。これまでとは違った出発がたった今から始まる。

息子は湖の周囲を自転車で一周したくてならず、圭吾に執拗に誘い掛けていた。気乗りのしない圭吾であったが、息子の要望とあっては無碍に断ることもできず、ある週末、揃って自転車で家を出た。弁当に雨具、着替えのシャツなどの入ったリュックサックを背負い、並んで自転車を漕いでいく圭吾とその息子を見送った。女衆が機を織る家の中で、アキを正面に、昼の食卓についた。通常は気にならない動力織機の音が頭に響く。沈み勝ちになりそうなアキとの二人だけの空間をせめて明るくと、山越えをしてきた八歳の頃を思い起こし、泥鰌の話などをすることにした。泥鰌に酒を飲ませ、静かになったところで、煮る、と知ったときの驚きを、アキに話した。

「そないなことがあったな。あれから何年経つやろう」

アキは窓の外の一点を見詰め、遠い目をした。

「十数年経ちます」

「ほうか。早いもんやなあ。あんたいくつになった」

「二十四になりましたお母はん」

「子供のなまなましい赤い体では先へ進めんと、硝子窓に体を映して、小麦色の体になるのを待っておったな。うちへ来たばかりのころや……。ほうか二十四になったんか。これからやな。苦労が待っておるのは。おまんなら大丈夫や。おまんは蛇の生まれ変わりやでな、途中で諦めることなく、最後までやり遂げるやろう。御神体がついておるで」

蛇は殻を脱いで、丈夫な小麦色の体になって、大人の蛇になっていくと祖父が教えた。小麦色の丈夫な体になれば、何回でも脱皮ができて、強くて新しい自分になることができると。

「おまんは、殻を脱ぎはったな。苦労を乗り越えはって」

「憧れの伊勢屋はんに辿り着いたとき。そして腹を抱えて再び戻ったとき。子蛇が殻を脱ぐように小さな殻が体から剝がれていったのです。寛大なお母はんのお計らいがあってのことです。そして、なまなましい赤い体が小麦色になって、その小麦色の体を破って子が出てきたとき、萌葱色の、大よそ行きの縮緬の着物を胸に押し当て、大人の蛇になったと思ったのです」

「ほうやな。何回でも殻を脱いで、さらに立派な蛇になりなはれ。おまんなら、なれるで」

いつもとは違う寂しいアキの話に、胸が詰まらないではなかったが、気持ちを振り絞って、思い切り大きな声で言った。

「食後の散歩と洒落てみませんかお母はん」

子供のころ、どこへ行くにも、何をするにも、お母はん、お母はんといって離れなかった。あのころに返って、アキから離れず、歩いてみたかった。行きつけの、店屋への道を歩いた。「お母はん。店屋は泥鰌を置かんのですね」

「ああ。置いても誰も買わんやろう。小川にいくらもおるでな。息子を連れて泥鰌捕りに行くとええ。息子も喜ぶやろう」

野菜や小魚を買って戻ることにした。途中まできたとき、こちらに向かって自転車を曳いてくる圭吾と息子を見た。二日がかりて湖を一周するはずが、僅か半日で戻ってくるとは一体どうしたことか。

「お父はんがな、帰ろういうてきかんのや」

息子が不満そうに、アキにいった。

「今度からな、友達と行きなはれ。お父はんはな、大人やで、もう元気がないよってな」

息子は渋々納得し、リュックサックの中から弁当を取り出し、家を前にして、頬張った。

季節が移り変わったある朝、アキが起きてこない。十日ほど前から体に力が入らないと言ってはいたが、朝は通常と変わらない時間に起き、家事をこなしていた。これまでの働き詰めのアキを考えると、床から離れないアキが想像できない。悪い予感に、部屋へ行ってみた。

「お母はん」

声をかけたが返事がない。

「お母はん」

そっと顔に手を当てた。冷たい。

「お母はん。お母はん。起きてくださいお母はん」

その声に驚いて圭吾が部屋に飛び込んで来た。圭吾と一緒に寝ている息子も来た。彼らは、何が起きたのか咄嗟には理解できず、呆然としているばかりだった。それもそのはず、前日まで家の周辺を掃除したり、買い物に行ったりと、普段と変わらないアキに、万一のことがこの朝起きようとは誰が想像しただろう。圭吾はアキの体を眠りから冷ますが如くに揺すった。（なぜ死んだんや。こないに早う死んではあかんかったんや。長う生きてほしかった）拭っても拭い切れない湧き出る涙を止めることができないでいる。アキに取り縋って、（婆やん。婆やん）と頬に涙を流して叫ぶ息子の泣き声も一層哀れだった。二人の号泣する姿を目の当たりにしていながらなぜか涙は頬を流れない。込み上げてくる悲しみと共に喉から体の底に落ちる。悲しみの涙というのは、悲しい時に頬を伝うものなのだろう。悲しみが深ければ深いほど、涙は深いところで流れるものなのか。それが深い悲しみの涙なののか。

アキの枕元に、風呂敷に包んだ反物のようなものがあった。そっと引き寄せ、開いてみると、検印の押された最高級品の白い縮緬の束であった。そこにアキの筆跡の、書き置きが添えられている。（伊勢花緒殿。この縮緬をあなた様にお贈り致します。どのようにお使いくださっても構いません。最後の贈り物としてお受け取りください。伊勢アキ）最後の贈り物。初めての贈り物は、品質の落ちた繭を使った紬の仕事着だった。どんなに嬉しかったかしれない。今、上等な繭を使った最高級品の縮緬を胸に押し当て、悲しい。突然のアキの死は、疲れからくる体力の衰えだった。一日も床に就くことなく、疲れた様子も見せず、張りつめた気のまま、昭和一桁台の空前の盛況も終わりに近づいた昭和九年〈一九三四〉あの世へ逝った。五十九歳だった。

間を置かずして圭吾の体に異変が生じた。食欲がなく、全身の倦怠感に加えて微熱がある。すでに流行っていた不治の病、結核を恐れた。疲れる、食欲かない、の連発で体を起こしているのも、日を追うごとに、苦になっていった。昭和十四年〈一九三九〉に勃発した第二次世界大戦の、戦時統制下には、腰背の痛みを訴えるようになり、腰の辺りを叩くと骨に痛みが走った。肺に病巣を形成した結核菌によるものだった。家の前を通る子供たちは、病気がうつってはならないと、手で口をおおい、足早に通り過ぎた。息子は、子供たちに呼び掛けた。

「お父はんの病気はうつらんのやで。すぐに治る病気なんやで」

呼び掛ける息子に胸が痛んだ。

昭和十五年〈一九四〇〉太平洋戦争が始まり、昭和十七年〈一九四二〉には、東京、名古屋などが初めて空襲を受け、縮緬業界には企業整備令が出され、工場も半数以上が軍需工場に変わり、閉鎖する工場も数多く出た。アッツ島、サイパン島の日本軍玉砕、など連日戦況が伝えられる中で、B29が東京を空襲し、長崎、広島に原爆が投下され、昭和二十年〈一九四五〉敗戦を迎えた。日本中が混乱し、原糸生糸は入手できず、配給に頼るもののそれも困難を極め、機織りの、緯糸を巻いた管を入れる舟形の道具、杼音《ひおん》から出る音も止まってしまうばかりに立ち至った。

手の施しようのない結核の圭吾を、医者は見放した。自由にならない体を横たえ、どうにもならない現況に苛立ちを覚えながら圭吾は夕刊の廃止された朝刊に目を通し、ラジオに耳を傾け、世の中や縮緬業界の動きなどに興味を示すものの、下半身が自由にならない身には、組合の会合への出席も適わず、十八歳になったばかりの息子を名代に立てたりした。ある日、下校した息子が言った。

「お父はんには滋養のあるものを食べさせんとあかんのやて。取りついた病気が治らんのやて。お父はんは好き嫌いがあったでな。今からでも遅うないよって、滋養のあるものを食べてもらうで」

米は食糧管理法によって配給されているものの、微々たる量で、人々はヤミ米に頼らざるを得なかった。我が伊勢屋でも村へ行っては米を分けてもらっていた。そのような状況の中で、病気の圭吾に食べさせる滋養のあるものがどこで手にはいろうか。息子は、（雀と鳥、泥鰌と鯉、それから卵や）と言い、休日には朝早くから山へ入り、鳥籠やトリモチを使うなどして収穫した雀や鳥を袋に詰めて帰り、前夜仕掛けて置いた裏の小川の竹筒を引き揚げ、中の泥鰌を桶に戻し、泥を吐かせ、泥鰌汁を作るなど、父親の病気の快復に力を注いだ。夏や冬の纏まった休みには村の仕事の手伝いに通い、卵や野菜などを自転車に括り付けて帰宅した。

「お父はん。卵やでえ、早うようなってや」

どれほど時間がかかろうと息子は父親の病気を治したかった。父親を連れてアメリカへ行くという約束を忘れていなかった。

「アメリカは敵国やったでな」

「いつまでも敵国ではおへん。夢は、持ち続けて初めて実現するのや」

食べる物のないこの食糧難がいつまで続くのか、いつになったら原糸生糸が手に入り、杼音《ひおん》がこの街を賑わす世の中になるのか。雀の羽を息子とむしりながら思う。幸い工場を閉鎖せずに済んではいるが、動力織機は遊んだままだ。アキから預かった伊勢屋の財産も減少するばかりで何の手も打てない。工場を閉鎖せず、どうにか日を送ることができているのは、予測できない先の時代のために蓄えることを念頭に置いたアキの経営方針が功を奏してのことだ。伊勢屋を存続させるためには、この自分がこの窮地を切り抜けなければならない。

下半身に加え、上半身まで病状が進んだ圭吾は、思う通りにならない自分の周辺に苛立ちを覚え、自由の利かない身であるが故の欲求が口を継いで出る。(睡眠から覚めたときこそ、そばにいてもらわんと介護としての役には立たん。仕事がどうなっておるのか逐一報告せえ。一歩でも外へ出る時は行く先を告げていけ)そばにいるだけでも安心するのではないかと、看病に明け暮れた。圭吾に限ってなぜ不治の病に罹った。家族の誰にも忍び寄らなかった結核菌がなぜ夫だけに忍び寄った。せめて命だけは助けてほしい。屋根裏部屋のカガミの前で手を合わせる。息子と話をしているときの圭吾は嬉しそうだ。病気が治って、世の中に平和が訪れて、アメリカへ行く話でもしているのだろう。悪化するばかりの病床の圭吾に息子はせっせと、鳥の肉、泥鰌汁、鯉濃などを与えている。やがて、圭吾は息子が与える蒸し焼きの雀を口にしなくなった。好きな泥鰌汁も喉に落ちていかなくなった。息子が二十歳の、大学生になった年、昭和二十二年〈一九四七〉語り掛けても返事のないまま、圭吾は、死んだ。四十歳で死んだ。戦前から続く流行の、いつ収まるともしれない結核に冒されて。

圭吾を失った息子は、裏の小川へ、山へ、泥鰌や鳥を捕りに行く必要もなくなり、呆然《ぼうぜん》と空の彼方を見ている日が多くなった。話し掛けても、返事がない。縮緬業界は、原糸生糸の入手困難であった敗戦直後の慌ただしさとは違い、落ち着きを取り戻し、静かに再開を待っていた。再開に当たっては動力織機を増やすことも考えに入れて置かなくてはならず、あれもこれもと思いながら屋根裏部屋のカガミの前に立つ。アキから預かった伊勢屋を衰退させてはならない。じっと見ているカガミに不用品の古い家具に混ざった織機が映っている。処分せず眠らせたままの織機《しょっき》。アキはいつまでこうしておくつもりだったのだろう。使おうと思えば使えなくもない古い織機。一瞬カガミの中の織機が折からの陽の光を受けてきらりと光った。息子を呼んだ。

「古い織機や不用の家具などを村へ運んでほしいのや」

「どうすんのや」

「動力織機が入るかもしれんでな」

しばらくぶりで息子と言葉を交わした。屋根裏部屋に保管されている不用品のすべては息子と二人の手には負えず、業者によって運び出されることになり、村の物置へ移動した。

「この不用品、役に立つときが来るんかなあ」

運び込まれた古い織機を見て息子が言った。

「来ても来んでも、使えば使えるで捨てることはないやろう」

爺のいなくなった縁側に、息子と二人、並んで座った。忘れもしない爺の声が聞こえてくる。（蛇の脱皮にはな、死んで再び蘇るという意味もあるんや）道ならぬ子を宿し、苦しんでいる子蛇を励ましてくれた爺。（何が幸せをもたらすか、何が不幸せをもたらすか、そのときがくるまで誰にもわからん。焦っては見えるものも見えんようになってしまう。じっと待っておれば生き方は自然に決まるものや）じっと待つのは難しかった。しかし、待った。あのときの腹の子は二十歳になって、今ここにいる。（爺。見てほしい。二十歳になったあのときの子を）空の彼方の爺に息子を見せる。息子は黙って立っていった。母がどんぶり鉢に入った根菜類の煮物を持ってやってきた。足腰のしっかりした身に艶のある頬。年月を経てなお衰えを知らない母であるが、そこには紛れもない六十過ぎの涙もろい母がいた。

「ええ息子に育ったたな。夏休みにも冬休みにもよう手伝ってくれおった。あの子はええ子や。ええ子に育った」

母はそういって涙ぐんだ。つわりで食物が喉を通らなくなった身に、腹の子のために厭でも一旦は食べ物を喉へ落とせと命ずるようにいった母。

「母あん。お蔭さんで伊勢屋の子として、ええ子に育ちました」

「苦労やったな」

息子はどこへ行ったのか戻って来ない。

「薪割りや。父あんが年で力仕事がでけんようになったで、来るたびにあの子が薪を割ってくれておる。あの子が伊勢屋を継いだら伊勢屋は万々歳やな」

「あの子は伊勢屋を継がんわ」

「どういうことや」

「アメリカへ渡りたいという希望を捨てておらん。多分、行ってしまうやろう」

息子が戻ってきた。母が、大根、里芋、椎茸、人参などの煮物を小皿に取り分け、息子に差し出した。息子は旨そうに、頬張った。そして再び席を立った。

「先のことは分からんで。一寸先は闇やでな」

母が息子の後姿を見ながらいった。

妹らの姿がない。あの家へ戻れたのも、妹らの必死の訴えによるものだった。（姉の腹の子は伊勢屋はんの血を引く伊勢屋はんの子です。姉は伊勢屋はんとは並ばない貧乏な家の娘ですが、どうぞ腹の子と一緒に伊勢屋はんの人間として置いてやってください）そういって願ったあのときの妹たちの声が聞こえてくる。意気地のない姉としてあのときの妹らを忘れてはいない。決して忘れない。

「母あん。あの子らおらんのか」

「薬草を採取しに山へ行っておるんよ。家の仕事に就いてくれておるで、助かっておる」

「薬草？」

「ああ。お茶や。乾燥させてな。おまんの所へも持っていくというておった。月緒はな、おまんとこの養女になるというておるよ」

「三十五歳の養女か。ほほほほ。悪い話やないわな。あの子は機織りも人に教えるほどの腕前やし、遊ばせておくのは勿体ない。うちの子になればええ」

「今夜はここへ泊っていきなはれ。こないな機会は滅多にないよってな」

妹らが大きな袋を背負って戻った。母が月緒の背の袋を下ろしながらいった。

「姉あんがな、おまんを養女にしてもええて」

「ほんまか」

「機織りの腕がええからて」

彼女は収穫の薬草もほうりなげて喜んだ。

「機織りの腕がええのは三人とも同じやで」

美緒と志緒が負けていない。

「慌てるでねえ。じっと待っておれば思い掛けない幸運がやってくるもんや。さあ、腹がへっておるやろう、飯や飯や」

母の一声で賑やかに夕食が始まった。それぞれが、むさぼるように食べた。やがて別部屋の父を除いて皆、枕を並べて床に就いた。眠れないまま瞼を閉じる。父には世の常識を教えられた。母には何物にも捕らわれない命の大切さを。祖父には、信じるものを心に持てと。持てば困難の前に立ちはだかる殻を脱ぐことができると。死んで堪るかと立ち向かった。手強い殻が立ちはだかるのはこれからだ。息子が寝返りを打った。母が息子に声を掛けた。

「眠れんのか」

「ああ」

「アメリカで何をするんや。いうてみい」

「貿易会社を立ち上げる」

「日本でもできるやないか。アメリカが好きか」

「進んだ国やから。行かれるようになってのことやで」

「そうやな。行かれるようになってのことやな」

「うるさいやないか。目が覚めてしもうたわ」

妹らは元気だ。

「姉あん。養女にいくで。早うに呼んでや。当てにしておるでな」

「景気が回復して、忙しうなってからや」

志緒が目を擦りながら部屋を出ていった。

「どこ行くねん」

「腹がへったで」

母が台所へ立っていった。

「小豆が煮てあるで、おはぎでも作ろうかいな」

真夜中に母はおはぎを作り出した。夕食の残りのご飯を温め、粒が残る程度に潰して丸め、小豆餡をたっぷりまぶした。

「おはぎができたで。みな起きて来」

母が声を掛けた。

一つ減り二つ減りして、大皿のおはぎはあっという間になくなった。

妹らが床に就いて静かになった。

「母あん。古い織機を預かってもらいにきただけやのに、世話を掛けてしもうたな」

「なんのなんの。これしきの事。親はそれが嬉しいのや。おまんも圭吾はんを亡くして、寂しさに襲われたら、ここへ泣きにきたらええ。親はいくつになっても親や」

のんびりさせてもらった一夜が明け、息子と共に帰宅の途に就いた。

縮緬業界は再開を待って相変わらず静かだ。そんな中、昭和二十五年〈一九五〇〉地場産業の縮緬業界は、縮緬工業協同組合を設立し、新時代の再出発に備えた。設備、生産ともに戦前には及ばないものの、昭和二十八年〈一九五三〉ころより勢いを挽回し、波に乗った。月緒が早速やってきた。親元へ一時預けていた女衆も戻ってきた。すでに学校を出、二十六歳になっている息子が監督の立場で家業に取り組むなど、活気に満ちた。不用品の除かれた屋根裏部屋には数台の動力織機が置かれ、硝子窓は、山椒の木の緑を吸い込み、村をも、小麦色の体をも、圭吾をも、アキをも映したカガミそのものに変わりはなかった。

あの日、風呂上がりの体をこのカガミに映していると圭吾がやってきた。カガミは小麦色の体に圭吾の子を授けた。すっかり大人になったその子は圭吾に生き写しだ。細身の体付きから、地球儀に見入っての夢まで。そして今、圭吾がしていたと同じように、女衆の仕事を見て廻っている。圭吾は時折喉を詰まらせ咳をしていた。生まれつきの、器官の弱さが原因だといっていた。咳込む苦しそうなあの時の圭吾がよぎる。ふと正気に戻った目の前に息子がいた。その咳は、圭吾ではなく、息子であった。

「最近咳が出おるんよ。風邪も引いておらんのに」

咄嗟に息子の額に手を当てた。

「熱はなさそうやな」

「ある。微熱が」

一瞬体が凍りついた。圭吾が患った不治の病。結核。死亡率第一位。猛威を振るった感染病。国民病。抗結核薬はない。

「まだ軽いで、保養所へ行って療養すれば半年で治るそうや」

「罹っておるんか。結核に。その保養所はどこにあるんや」

「近くでは湖の向こうやけど、伊豆半島へいったときに、一泊した箱根な、その麓近くの町にあるんよ。結核療養所、サナトリウムが。そこへ行こうと思うておる」

「そこでどないな療養をするんや」

「大気安静療法というてな、冷たいきれいな空気の中で、滋養のあるものを摂って充分な睡眠を取るのや」

「ほんだけか」

「ほんだけや。民間療法のようなもので、治る人もおるし、治らん人もおる。その人の体力次第でな。抗結核薬がないよって、その療法に繋げる以外にないそうや。医者がいうておった」

「冷たい空気がええのんか」

「暖かいところがええという医者もおるようやが、伝染性という性質上、サナトリウムのほとんどが人里離れた場所に建てられ、世間から隔離されておるんや」
「隔離。寂しいことをいうでねえ。薬はきっと近い内に出る。早うに行って、早うに帰って来なはれ。果たさなならん夢もあるのやろう」
息子は早速、箱根山の麓に近い結核療養所、サナトリウムへ向かった。結核菌に冒され下半身が不自由になった圭吾と息子とか微妙に絡んで毎夜の夢に現れ、眠りを妨げる。(息子よ、死ぬな。死んではならんで)
病気は半年で治るといって出ていった息子。御神体が授けた命の子だ。半年後に輝きを放ってこの伊勢屋へ戻ってくる。(息子よ、元気で帰ってきておくれ。そのときを楽しみに待っておるでな)
伊勢屋の仕事は順調に伸びていた。一階と屋根裏部屋の、二か所の仕事場からは機を織る音が絶えない。従来のものに多少の変化を加えた縮緬が各機屋から開発されている中で、伊勢屋はこれまで通り浮き沈みの少ない従来の縮緬を地道に織り続けている。一日が終わって、女衆が床に就き、圭吾も息子もいなくなった家の中は冷えた空気で身も心も寒い。唯一の救いは、村からやってきた明るい月緒だった。ある朝、食事の席に着いていると、月緒が郵便物の中から一通の手紙を取り出し、黙って目の前に差し出した。息子からだった。開封したそこには息子の文字の、短い文章があった。〈半年後の恢復を目指して日を送っています。簡易ベッドを庭へ取り出し青空を眺め、そちらの様子を思い描き、村でのことを懐かしく思い、将来の夢に浸るなど、ゆったりとした時間を過ごしています。伊勢屋をほうり出してこのようなところでのんびりしている自分をお許しください。戻れる日も遠くないと思います。母上様、伊勢一郎〉

この際家のことは考えずに病気を治すことだけに専念してほしい。健康が夢を育てるとすれば、夢のアメリカは健康でなくてはなるまい。そのときは誰よりも応援する。かつては伊勢屋を捨ててアメリカへ行ってしまうのかと寂しかった。しかし今は、生きていさえすればどこにいてもよい。生きていさえすれば。戻れる日も遠くはない、とはなんと喜ばしいことか。

「心配いらんで。すぐに戻れるらしい」

じっとこちらを見ている月緒にいった。

「ほうか、よかった。何ていうてきたのか、気になって食べ物も喉へ落ちていかんかった。ほうか、すぐに戻れるんか。健康が第一やでな」

その後の息子の手紙にも、戻れる日の近いことが記されていた。そしてまたその後の手紙にも。そうこうしているうちに半年が過ぎ、一年が過ぎた。息子からは、相変わらず、戻れる日の近いことを知らせてきていた。月緒が疑い始めた。

「おかしいと思わんか。すぐに戻れると執拗に知らせてきておる。病気が進んでおるとしか思えんのやけど。行ってくる」

月緒は箱根山の麓の町を目指して家を出た。所番地を頼って行ったところに、小高い丘の上の、結核療養所、サナトリウムがあった。事情を伝えると、係りの者が足早に病室へ案内した。そこには医者や看護婦、各部屋の患者などが大勢いた。

「今しがた息を引き取りました」

医者がいった。

息を引き取った。

「死んだんですか。一郎はんは死んだんですか」

そんなはずはない。すぐにも戻れるというてきていた。

係員の説明があった。(死んではならない。体は病気になっても病人にはならない。治って必ず家に帰る。伊勢屋の息子として産んでくれた母には、孝行をしてもしきれないほどの感謝をしている。周辺の人たちにも感謝し、生きて帰る)そういって、病人にならないまま、体が死滅していったという。

小さな箱を抱えて月緒は戻った。

「それ何や」

「白木の……」

月緒が声を詰まらせた。

「息子は死んだんか。死んだんか息子は」

「一郎はんは死んだんや。病気になっても病人にはならんというて。明日にも病気を治して帰るというておったそうや。一日早ければ命のある一郎はんに会えたんに。遅かった」

月緒の号泣は容易に治まらない。

「抗結核薬さえ出ておれば一郎はんは死なんで済んだんや。治るも治らんもその人の体力次第やなんて。一郎はんは湖の周辺を自転車で走り廻ったり、自転車で村へ通ったりして、体は丈夫だったはずや。なんでその一郎はんが死亡原因第一の結核に罹ったんや。抗結核薬が何でないんや。早うに出んと結核患者が次々に死んでしまうやないか」

月緒は息子の死を薬に事寄せて諦めきれない。この家の子として産ませたのは月緒たち姉妹だ。月緒はまるで自分が子を産むように姉の出産に深い協力をした。それだけに息子の死が諦めきれない。（貧乏な家の娘でなぜ悪い。差別はよくない。許してはならん。姉の腹の子は伊勢屋で産むべき伊勢屋の子や）月緒は叫ぶが如く訴えた。姉妹の応援があってこそ、息子は産まれた。

月緒の号泣は止まらない。再出発した縮緬業界が軌道に乗り、どこまで伸びるかわからない上昇気流に乗ったそんなとき、息子は死んだ。昭和三十一年〈一九五六〉二十九歳だった。夢を追いかけてアメリカへ行くにしても、伊勢屋を継ぐにしても、生きていてこそ果たせることではないか。（息子よ、親より先になぜ死んだ。親にとってこれ以上の不幸はない）苦悩の前に立ちはだかる殻を脱ぐのが脱皮であるなら、手強いこの殻をどのようにして脱げばよいのか。脱皮できない蛇は死ぬ。伊勢屋もろとも死ぬ。伊勢屋を死なせてはならない。しかし息子の死が立ちはだかっていて、殻が脱げない。どうあってもこの殻を脱がなければ先へは進めない。治って必ず家に帰る。そういって病気にならないまま体が死滅していったという息子。死んではいない。死滅したのは肉体だけだ。息子は生きている。そして伊勢屋の発展を応援している。伊勢屋を殺すも生かすも生きている息子と共に自分に掛かっている。

屋根裏部屋の御神体《カガミ》の前に立つ。気力の衰えた顔が映る。（御神体よ、どうかこの手強い殻を脱がせてください。この弱い自分をお救いください）目を閉じる。（泣きたくなったら泣きにくればええ。おまんらのくるのをじっと待っておる）母は子にとってどこまでも母なのだ。母は涙を隠して子を守る。弱いのが人間かもしれない。ときには弱くてもよいではないか。縋《すが》りたいときは泣いて縋ればよい。人はみな何かに縋って生きている。神に縋らないまでも、家族であったり、親しい友人であったり、あるいは自尊心であったり、財産であったり、健康な自分の体であったりと、気づかないところで頼みの綱を張っている。それが人間なのだ。一人では生きていかれないのが人間なのだ。腹の子と共に伊勢屋に戻れたのは、一族のぬくもりがあってのことだ。どのような手強い殻でも脱いで先へ進まなければならない。いつの間にか、抗結核薬がどうしてないのかと大声で喚いていた月緒が後ろにきていた。

「姉あん。月日の流れは過ぎてみれば短く感ずるものやけど、待っておるときは長うて堪らんわな」

抗結核薬が存在していなかったことに悔しさを覚え、存在さえしていれば息子は助かったのにと、誰を恨むでもなく、月緒は諦めがつかないでいる。

「なあ姉あん。山越えをしてこの伊勢屋へきてから何年が経った。姉あんいくつになった」

「四十六や。あれから三十八年が経ったんや。織子を雇うには口入屋というのを通さなあかんという時代やった。僅か三十八年前のことや。今多くの工場は、女衆を住み込みから解放して通いにしておる。これも時代の流れやな。伊勢屋の機織りの女衆も早速通いにせなあかんわな」

地場産業としての縮緬の生産は伸びる一方で、昭和四十年〈一九六五〉には、戦後の着物ブームに乗って更なる生産を増し、地場産業の最高級品の縮緬は、着物に仕立てられるだけでなく、風呂敷や袱紗、帯揚げ、お手玉、などの小物類にまで広まり、賑やかに店先を飾った。我が家では通いになった女衆たちが快い音を響かせ、機を織っている。この快い音の上に安住してよいのか。女衆のあいだを廻りながら思う。アキは増える資産を予測できない先の時代のために倹約を念頭に置いた。それが効を奏し病気の圭吾を抱えながらも経済的に行き詰まることなくその後の伊勢屋を支えた。伸びる一方の生産の上に、反省も努力も忘れ、呆然と過ごしていたのでは、野心を抱いて山越えをしてきた意味がない。目の前に訪れたこの機会を手中に収めたく、一案を捻り出す。

村へ運んだ古い織機、村で農業を手伝っている美緒と志緒、雑草の生い茂った両親の住む家の広い庭、などが脳裏をよぎる。動力織機と取り組んでいる屋根裏部屋の月緒に声を掛けた。

「村の家の庭へ、思いっきり洒落た小屋を建てようかと思うのや」

「洒落た小屋。どうすんねん」

彼女は手を休め、浮かない顔でこちらを見た。

「そこで、趣味の機織り教室を開くのや。週に一回あるいは二回。教えるのは美緒と志緒。彼女らは機織りに関しては腕がええで、この着物ブームに遊ばせておくのは勿体ない」

「これ以上、手を伸ばさんかてええのに。伝統の縮緬を織っているだけでは足らんか。それに、狭い村やで人が集まるやろか」

「伊勢屋の繁栄のためには手を伸ばしてもよいではないか。先も見ず、莫大な資本を掛けてのことではない。眠っている織機を使うだけや。人が集まるかどうかは、その場に当たってみなければわからん。集まらんようなら、集めればええ」

「どないして集めるん」

「それもやってみてのことや。何事もやりながら、勉強していくのや」

「姉あん。この伊勢屋を蔑《ないがし》ろにして、村に力をいれるようでは困るんやけど。この伊勢屋こそ、姉あんが目標にして、この街へきたということを、忘れておらんやろうな」

月緒は、この伊勢屋を二の次にしてはならないといっているのだ。

「二の次にはせん。この伊勢屋があってこその、趣味の機織り教室や。平らに流れておるこの好景気やで、その気になったんや。気持ちよう賛成してほしい」

「姉あんがそういうのなら、やってみたらええ」

月緒は再び動力織機に向き合った。心の底から賛成したとは思えないまま、やってみたらええ、という月緒の言葉に甘んじて、実行に移すことにした。早速両親と二人の妹のいる村へ出向いた。大賛成する妹らと共に両親も喜んだ。母は特に喜んだ。それはええことや。繰り返し喜ぶ母の瞳の奥の、喜びの涙を見た気がした。

「人生変わりそうや。知っていることをすべて教えて生徒に素晴らしいものを作ってもらわなあかんな。ほほほほ」

普段は静かな末の妹の志緒が口に手を当て、彼女らしい笑みをした。

「おまんらを見ているだけで楽しうなるわ。街の明かりでシシ山の上空が真っ赤に染まったように、今度はこの村の上空が、趣味の機織り教室の明かりで真っ赤に染まるようにするんやな。それを見ているだけで訪れたくなるような村にな。楽しみにしておるで」

「母あん。広い庭のどの辺りへ小屋を立てたらええかな」

そういったのは美緒だった。

「どこでもええ。おまんらの好きなところへ建てたらえぇ」

「なあ姉あん。尖った屋根の赤い小屋がええな」

夢を見るような表情で志緒がいった。

「小屋はようないよって、家や。赤い家」

「そうや。教会のような尖った屋根の赤い家や」

二人の意見がぴたりと合ったところで、早速、尖った屋根の設計をし、赤い家が建った。

「ここが、趣味の機織り教室かいな。赤くて洒落た家に惹かれて若い子がやってくるで」

母が尖った屋根の赤い家を見上げて喜んだ。

二人の妹らにチラシを作らせた。教室の種類として、趣味の機織り、そして場所を印刷しただけのごく簡単なものだ。彼女らは進んで作り、駅、商店の店先、ホテルなどへの配布を始めた。

「この仕事きついわ。五十過ぎのか弱い女には無理やな」

「そうや。か弱い女にはな。無理でもせなあかんわな」

妹らは勝手なことをいいながらも嬉しそうに配布を続けた。

抜け目のない業者らが押し掛けてきた。契約した一業者は見本を作り、教材を作った。透明な袋に入った教材を母が手に取って繁々と見た。

「生糸が染色されておって、織るだけになっておる。紬用の糸も用意されておる。出来上がりの絵も添えてあって、至れり尽くせりや。業者も生き抜くのに必死やな。早速教室が開けるやないか」

物置の手動織機、五基を赤い家に移し、風呂敷、袱紗、帯揚げ、お手玉など、すべて教材が揃ったところで、生徒を迎えるばかりになった。

「五基ということは、五人しか取り組めないということやな。他の人は遊ぶようになってしまうがな」

美緒がいった。

一昔前の手動織機は不用品でしかなく、しかし捨てるに捨てられず、どこの工場でも持て余している代物だ。集めようと思えば欲しいだけ集まる。規格に囚われず自由に織っていくには、手動の織機が生きてくる。妹らは縮緬工場を廻って織機五基を集めてきた。生徒を受け入れる準備が整って教室は開いた。チラシを見て集まってきたのは、仕事を離れて家で退屈している年配の女性が多かった。中に学校帰りの女の子、それに勤め帰りの若い女性もいた。

「これだけ集まれば結構やないか。最初やでな」

先々がよいことに母は驚きを隠せない。

経糸《たていと》と緯糸のしつらえ方から始まった授業は、すっかり先生になり切った美緒と志緒の二人によって進んでいった。生徒の間を見て廻る彼女らは、畑の隅で乳を欲して姉に甘えていただけの幼子でもなく、腹に子を宿した姉を伊勢屋の人間に加えてもらうべく眠い目を擦って山越えをしたあのときの小娘でもなく、（私も皆さまとご一緒に、勉強してまいります。楽しいお教室にいたしましょう。よろしくお願い申し上げます）と一人一人に握手をするなど、威厳さえ備わったれっきとした五十一歳と四十九歳の成長した人物に成り変わっていた。この希望に満ちた妹らによって、伊勢屋の新しい土壌が築かれたように思え、力が湧いた。そんなある日、屋根裏部屋で仕事に取り組んでいる月緒が、急ぎ足で、事務を執っている一階へ降りて来た。

「姉あん。リファンピシンという抗結核薬が出たそうや。ラジオからの声を聞いた。免疫の働きだけでは結核菌を充分に排除できないことから開発されたということや」

月緒は矢も楯もたまらず知らせにきたのだ。

「九年前に開発されておったら一郎はんは死なんで済んだんや。彼のことは生まれる前から知っておるで人一倍可愛いのや。カガミに映る姉あんの大きな腹を触って、この辺が頭かいな。この辺が脚かいな、と言って、産まれてくるのを楽しみにしておったんや」

そういって月緒は涙を浮かべた。自分の子供を失ったような、そんな思いの悲しみの涙に違いなかった。

「息子は死んではおらんで。体が死滅しただけや。世の中を見通せる目で今も生きておる」

筆を持ったままで月緒にいう。

父子ともに不治の病、結核という国民病を罹って死んだと思うには、あまりにも悲しく、情けなく、運命とも思いたくなく、父子でアメリカへ渡り、会社を起こして立派に日を送っている、と思い込もうとした。月緒は、(リファンピシンがあの時出ておったら一郎はんは今、働き盛りの四十に近い年になっておるのになあ)と未練がましくいいながら、屋根裏部屋へ戻っていった。

好景気の昭和四十七年〈一九七二〉には地場産業の縮緬業界はピークを迎え、その後、構造的要因によって生産量は減少したが、徐々に復活を見せ、昭和六十一年〈一九八六〉には異常とも思える好景気の中でかなりの生産量を生み出していた。誰が商売をしても金銭的な面で失敗しないという、そのような考えられない世の中で、唸る金を投資に回す人、事業を手広く広げる会社、あるいは初めて会社を興す人などが多く出た。趣味の機織り教室も生徒が増え、赤い教室だけでは収まり切れなくなっていた。二人の妹からは、教室を増やしてはどうか、という提案を受けていた。しかし、不気味とも思えるこの好景気が突然去ったときの、立往生の姿がよぎり、もう一軒くらいなら、と思いながらも、現状維持を終始一貫した。


「姉あん。やってみたいんやけど、あかんか」

「やらしてえな姉あん。母あんも乗り気やし」

「週二日の現在の教室を、三日にしても収まらんか」

「それも考えたんやけど、収まらん」

「家の仕事はどうすんねん」

「遊ばせておる草だらけの畑やで、気にせんかてええて、母あんが。趣味の機織り教室は片手間ではでけんやろうからて」

「誰が商売をしても成功するこの好景気をおかしいと思うのや。そこには何かがある」

「何かて？」

「資金繰りの心配をなくしているところが、あるのではないかというような。ほんで投資に回せる金が生み出せるんや。もしそこが、方針を反対に切り替えたら、と考えたとき、総身に震えが走る」

「ほんで姉あんは、趣味の機織り教室を増やすことに反対なんやな。けど方針を反対に切り替えるかどうかは、今のところ分からんのやろう」

「この異常な好景気が続くわけがない。誰が何の商売をしても金が唸るなど、おかしい。世の中どうかしておる」

「実感があるんか」

「それが、ないんや。物価の変動があってのことでもないよってな。どこかが狂っておるとしか思えんのや」

「どうやろう。建てる土地はあるし、手動織機は容易に手に入るし、教室用の家を建てるのに莫大な費用はかからんし、不況がやってくるという実感が今のところ姉あんにないのなら、母あんも乗り気になっておることやで、赤い教室の隣に黄色い教室を作ってもええやないかな。なあ姉あん」

「考えておくで」

「考えんかて、母あんも乗り気やし、姉あん自身も、具体的にここがおかしいという実感がないのやから、姉あんのいう不況が訪れるまでは、まだ間があるように思えるのやけど。不況が訪れないかもしれんしな」

妹らに押し切られるような形になって、やがて、任せてみよう、という思いに至った。

黄色い教室が、赤い教室の並びに建った。手動織機も整い、教材の種類も増えた。生徒たちは赤と黄色の教室を必要に応じて行ったり来たりした。赤の教室に織機の空きのないときは、黄色の教室の織機を使うなどして。生徒の数が増えれば、作品の数も増える。増えた作品を、教室の入り口近くに展示して、売ってはどうか、という提案が二人の妹から出た。しかし、それには少々の蟠りがあった。目的が、楽しみで作ったものであるだけに、金に換えるというのが不純に思え、不愉快であった。ならば希望する相手から心づけを頂戴しては、という彼女らの提案に、考えなくはなかったが、しぶしぶ賛成し、早速、展示することになった。

客は高過ぎも低過ぎもしないそれ相応の額を作者に落とした。外部からの客の訪れもあって、作品は捌けに捌けた。捌けることによって張り合いを感じ、生徒たちは更に作品を作った。すると、生徒の数も更に増え、教室は一層賑やかさを増した。家で退屈している年配の女性が多かった初めのころと違って、勤め帰りの若い女性が圧倒的多数であった。好ましい循環によって伊勢屋の趣味の機織り教室は異常なほどの好景気の中で周辺に知れ渡ることとなった。

「初めは、教室を増やしても人が集まらんのではないかと心配しておったんやけど、取り越し苦労やったな。肩肘張らずに参加できるというのが、趣味の教室のええところかもしれんな。生徒はまだまだ増えるで」

母は喜び、午後三時の休憩時間に、手作りの茶菓子でもてなした。年月を経て足腰の衰えた九十半ばの、残る力を振り絞っての、自分にできる限界の仕事として、誇りを持って取り組んでいるようであった。

母の作る茶菓子は毎日変わっていた。おはぎ、大福餅、羊羹、うぐいす餅、ときには、プリン、トコロテンなど、時間をかけて作ったものであるという思い遣りの心が滲み出ていた。生徒の中には、手作りの菓子や果物を持参する者もいた。誰がどのような仕事をしても儲かるといったような、危険な好景気時代の中でそこだけは楽園であった。年配の女性たちは元より、勤め帰りの女性たちも社会的苦い話などには触れず、世話をしている花壇、犬や猫、得意料理などの話題に絞られていた。まさにそこは、癒しの場所、楽園であった。楽園の外は、別荘地や建売住宅などの投資物件に群がる人の熱気で湧いており、熱い空気の流れる不気味な世界であった。儲かった金を投資に回して街を闊歩する人の姿が目に余った。先の時代への不安をよそに誰もがこの好景気を喜んでいるかのように見えた。

「姉あん。あちこちで山を崩して住宅を建てておるな。山が赤裸や。売り出し中の、伊豆の一碧湖周辺の別荘地が売れておるて。不動産屋がこないな遠くまできていうておった」

「よう聞け。不動産に手を出したらあかんで。投資として安全なのが不動産と思い勝ちやが、時代が変われば何が安全かわからん。莫大な金を投資して購入しても、金が必要になったとき、売れんかったら注ぎ込んだ金は紙屑や。絶対に買うてはならんで。わかったな」

そんなある日、屋根裏部屋の織機と取り組んでいる女衆を見廻りにいった。仕事中の月緒が待ち構えていたかのように声を掛けて来た。

「株価が下がり始めておるで」

「ああ。この異常な好景気、おかしいわなあ。不況が始まっておるとしか思えんのやけど。世の中、何が動いておるのかおらんのか、実感がない」

昭和六十一年〈一九八六〉から平成三年〈一九九一〉にかけての、およそ五年間の好景気時代が過ぎ去った後の世の中は地獄であった。土地神話のもと、決して下落することのないといわれていた地価が下落に転じた。不良債権問題や株価低迷によって大手金融機関が次々と破綻に追い込まれた。平成九年〈一九九七〉から平成十年〈一九九八〉にかけてであった。それまで事実として不況が始まっていたにも関わらずそれを認識できず、成り行きを善いほうに考え、持ち直すかもしれないと期待していた人々が殆どのようで、株価、地価の再上昇を当て込んで処理を後回しにした結果、額が膨れ上がり、破綻に追い込まれた企業も決して少なくなかった。地場産業としての縮緬業界も昭和四十七年〈一九七二〉のピーク時の半分にも達しない生産量に減少した。伊勢屋も例に漏れず、生産量の減少は止むを得なかった。

着物ブームに乗って立ち上げた趣味の機織り教室は、世間の不況の風にもさほど曝されず、生徒の数も目立って減ることもなく、減ったといえば、会社勤めの女性が一人二人と消えていっただけで、年配の女性たちはこれまで通りかよってきていた。彼女らの話題は不景気を感じさせるようなものではなく、平和そのものであった。教材を提供する業者は生糸が入手できず材料が整わないことから不況の風に喘いでいたようであったが、赤と黄色の教室各々十基ずつの手動織機は休むことなく作動していた。織機から離れている者は、織り上げた布を形にするための手仕事に取り組んでいたり、出来上がった作品の最後の仕上げにアイロンを掛けていたりと、楽しみながらの趣味の機織り教室であった。

母はこれまで通り午後三時の茶菓子作りを続けていた。村の上空が伊勢屋の趣味の機織り教室の明かりで真っ赤に染まるその日まで、決して止めはせん、と言っているような力の入れようであった。母は多分、いくつになっても、自分の家の庭に建てた伊勢屋の趣味の機織り教室の明かりが天を焦がすその日まで、生き続ける覚悟でいるようであった。

地価は下落し、値上がりを待って投資した人々は、メインバンクの破綻によって融資を受けられなくなり、企業は続々倒産し、巷は酒に酔った人が地べたに寝、債権者に追われる人が公園に寝、行きどころのない人が土手の草叢に寝、土地も株も失い、明日の暮らしも立たない人が自殺に追い込まれるなど、奈落の底と化した。（借りてくれ借りてくれというから借りれば今度は返せ返せの矢の催促だ。金融機関はどうなっているのだ）罵声を飛ばす酔っ払いで夜の街は危険そのものであった。

不況はいつになったら恢復するのか見通しが立たない。地価の下落は留まる気配もない。世の中は奈落の底から這いあがる様子もない。誰もが日本の先行きに不穏な空気を感じながら表面は静かに、じっと恢復を待っていた。待ちながら病死した人。自殺した人。家族を失った人。財産のすべてを失い自分をも見失った人。その数は少なくない。

地場産業としての縮緬業界の生産量は更に減り、閉鎖に追い込まれる工場もあったほどだ。幸い伊勢屋は、突然の事態に備えてのアキの教えを実行してきたため、それには至らなかった。

屋根裏部屋のカガミの前に立った。なまなましい赤い体が小麦色になって初めて殻を脱ぐことができると祖父が教えた。八歳だった。躓《つまず》く度に御神体に縋り、生きてきて八十八歳。

「姉あん」

月緒が背後で手を合わせていた。

「この不況、乗り切れるやろか」

「乗り切らんでどうする。存亡のときや。落ち着け、落ち着くのや」

落ち着いていれば答えは自然に出てくるものであると月緒に言い含め、これまでの忙しさに追われて疎かにしていた織機の点検に彼女を伴う。

「世の中何が起こるかわからんなあ姉あん。毒物カレー事件やて。ハイジャックやて。バスもや。近くの国がテポドンを発射したんやて。一方では臓器移植の実施や」

点検を疎かに話に傾く月緒を一瞥し、苦い笑みを浮かべる。

「そうやな。ニューヨークの世界貿易センタービルに何やらが衝突して、ビルが倒壊したやなんて、おかしいわな。ほんまに世の中何が起こるかわからんわ」

　地場産業の縮緬業界の先行きを気にしながらそうこうしているうちに、日が経過し、気づくと年月が巡っていた。再び織機の点検に日を送っていたある日、月緒がいった。初めの点検の日より、二、三年が経過した平成十四年〈二〇〇二〉であった。

「どうしたんや」

「銀行が誕生したんやて。世の中、変わりそうやな。あの異常な好景気の崩壊は二度と経験しとうないよってな。地価の下落は続いておって、いつ恢復するかわからんが、投資のために土地や別荘を買うた人は酷い目に遭うたな。忘れようとしても忘れられんやろうな」

「とうに忘れておるよ。忘れて、先へ進んでおるやろう。街の中が落ち着いてきておるやないか。騒ぎ立てる者もおらんし、地価の下げ止まりを感じさせる空気が流れておるように思わんか」

　伊勢屋の趣味の機織り教室も業者の努力があって教材は順調に入り活気さえ感じられる。老いた母も百歳は疾うに過ぎ、体力の衰えには勝てないながら、動きの鈍い体に鞭を打って小豆を煮、天草を煮、羊羹、トコロテンを作るなど、努力を惜しまない。その母のためにも、伊勢屋の趣味の機織り教室を繁栄させ、村の天空を赤く染めないではおけない。

地場産業の縮緬業界もピーク時の半分以下の生産量に減少はしたが、多少の変動はありながら、先行きの恢復が手の届くところにありそうな予感さえする。

「姉あん。景気恢復はすぐそこやな。世の中平和でなくてはあかんわな。二、三年先には土地の価格も安定し、教室も生徒が増えに増えて、夜も遅うまで電燈の明かりが村の空を真っ赤に染めること間違いないわな。真っ赤にな」

平成十七年〈二〇〇五〉十五年も続いた地価の価格が安定し、平和が戻ってきた。趣味の機織り教室は更なる人気上昇に生徒数も増えた。

「なあ姉あん。伊勢屋の趣味の機織り教室に人が集まる理由は何やろう」

夕食の席での月緒の疑問であった。

「未開の地に踏み込んだことやろう」

「どういうことや」

「希望者に作品を、譲る、心づけを頂戴して。という方法が成功に繋がっておるに違いないのや。楽しんで作っても、数が過ぎれば仕舞いこむことになろう。それを、金に換えられるとあれば、喜びに繋がるやないか。それができるところは現在、伊勢屋の趣味の機織り教室しかないやろう。人が集まってくるのは金の魅力や。伊勢屋の趣味の機織り教室は益々栄えるで。村の上空が真っ赤に燃えてな。あの教室は美緒と志緒によって成功したんや」

「なあ姉あん。あの子らにそないな商才があったとは思わんかったな。眠っておる作品を金に換えるやなんて。材料費に当てる程度の多過ぎも少な過ぎもせん金が作者の懐に入るんやから」

「そうやな。商才が体の中で眠っておったんやな。扉を叩いて初めて目を覚ましたんよ」

「村に趣味の機織り教室を開く、と姉あんがいうたとき、姉あんはもう美緒と志緒のものになってしまうと思うて、寂しかったんよ。ほんで、本心から喜べなかった」

「何や嫉妬かいな。月緒らしうもない。伊勢屋は月緒に任せておけば安心やったでな」

今では業界の押しも押されもしない月緒だ。伊勢屋は月緒に任せて不足はない。彼女なりの才覚で後の世まで繋いでいってくれるであろう。彼女ならできる。新製品を開発しなくてはならんとか、地場産業としての動力織機の総数が足らんとか、堂々と意見を述べる彼女だ。手を差し伸べなければならないことは最早何もない。自分の務めは終わったようなものだ。幕を引いて惜しくない。唐突にアキがよぎる。あの日アキは、この伊勢屋を担っていってほしいと言い残して死んだ。贈り物として、縮緬の束を残して。今度は自分が月緒に残して去る番だ。贈り物として残すものは、アキから引き継いだこの伊勢屋だ。

「姉あん。去るなどとそないな寂しいことといわんといてや。姉あんあっての伊勢屋よってな」

あのとき自分も、アキに同じことをいった。そういいながら、主になる日を心待ちにしていた。立派に引き継げるかどうか自信もないままにただ何とかなるだろうという思いで。笑いが込み上げてきた。

「何がおかしいん」

「血筋は争えんでな」

月緒と二人だけの和やかな夕食を済ませ、屋根裏部屋のカガミの前に立つ。このカガミはこの体を何年にも渡って映してきた。小麦色の体になってほしいといってはやってきた。漲った体になっているのを見ると脱皮を意識し、喜んでアキに報告に行ったものだ。(お母はん。大人の体に近づいたんやで)アキからは、(おまんは蛇の産まれかわりやで、御神体がついておるで、きっとええことがある)と言われる。すると疑うことなく善いことがあると信じる。どこへ行くにもアキについて歩き、可愛がられ、紬の仕事着を頂戴した。小さな殻を脱いだ始まりだった。その忘れられない紬の仕事着を返さなければならない事態にも陥った。子を宿した腹をカガミに映し、殻を脱がせてください、と縋った。子は伊勢屋の子として無事に生まれた。人生最大の喜びだった。厚い殻が脱げた瞬間でもあった。

九十九歳で脱いだ白蛇のような、頭の先から尾の先までわずかな綻びもなく、見事に脱ぎ切ることは難しいとしても、伊勢屋を月緒に譲り、趣味の機織り教室を美緒と志緒に預け、御神体の元へ向かおうとする我が身として、せめて最後に脱ぐ殻は、するりと、きれいに脱ぎたいものだ。

村の真っ赤な上空を瞼に浮かべているうちに季節は移り変わり、カガミは、子を宿した娘を引き取ってシシ山を下る父の苦い顔を浮かび上がらせていた。そのような娘を残して死んでいった父の心の内は如何なるものであったか。

夜の帳が下り始めたある晩、ふと見た村の上空が真っ赤に燃えている。山の畑で草むしりのかたわら見たシシ山の上空も赤かった。手の届くところにあったシシ山の頂上での街の空も赤かった。しかし我が伊勢屋の屋根裏部屋から真っ直ぐに見る視線の先の、村の上空の明るさはその比ではない。空が燃えている。栄えた証の目の眩む明るさだ。かつて都と思いしこの街の、栄えた明るさをシシ山の頂上から見、感激した。今、栄えた村の天をも焦がす明るさを、この伊勢屋の屋根裏部屋から見、待ち臨んだ村の繁栄に感激の涙を絞る。母が待っていたのはこの伊勢屋から見る村の天空だ。栄えた証の燃える村の空だ。思わず階下の月緒を呼んだ。月緒は目を丸くしてその空を見た。

「おお。真っ赤や。村の上空が真っ赤や。空が燃えておる。ここから見る村の空は特別や。これこそ母あんが見たがっておった村の繁栄の証の空や。この繁栄の空の明るさを母あんに見せずして済まされようか」

月緒が感激の涙を流した。

カガミの前に立つ。母は今どうしているか。カガミよ。村の母を映しておくれ。祖父も父も映したカガミよ、村の母を映しておくれ。栄えた村の輝く空を見るために百十三年を生き抜いた母を。伊勢屋の趣味の機織り教室が村を豊かにすると信じて茶菓子を作り続けた気丈な母。この母にこの空を見せずして四人姉妹の勤めは終わらない。カガミよ。母を映しておくれ。この空の明るさを一刻も早く母に見せたい。カガミよ、母を映しておくれ。母を映しておくれ。

「あれは、母あんではないか。母あんが映っておる」

カガミを覗いた月緒がいった。

覗いたカガミに母が映っていた。母は背負われて、シシ山の頂上を目指している。

「母あん。このカガミに映っておる母あんを、この屋根裏部屋のカガミを通して見ておるでな。早うここに辿り着いてや。母あんをこの腕に抱いて、村の上空を焦がす明かりの中を御神体の元へいくでな。早う来てや。待っておるでな」

シシ山の頂上へ向かっている母と、母を背負っている娘の声もカガミの向こうから聞こえてくる。カガミの向こうの母と娘の話を、黙って聞く。

「体が痛うないか。骨が背中に当たりはせんか」

背の母を振り向いて娘が言う。

「体はすっかり固うなって、枯れ木と同じやけど、痛うはない。頭ははっきりしておるで、話はでける」

「なあ母あん。道を外した子を宿すような娘を持って、父あん、どないな気持で死んで逝ったんやろう」

娘が背の母に静かに語り掛けた。

「父あんはな、そないな娘を持ったとは言っておらんかった。子を孕んで戻ってきた時は、殺して自分も一緒に死のうかと本気で思ったそうや。一本気やでな」

平然とした顔で母は娘の背で言う。

「あの時の父あんからはそないな空気が伝わってきておったで、こちらはこちらで、反抗的になって、腹の子は何があっても堂々と産んでみせる、と本気で思うたんよ」

暗い娘の表情がカガミのこちらまで伝わって来る。

「のちにな、あの子らしい正直な生き方で、それはそれでよかったのではないかと思ったそうや。時が流れて、そないな子を宿しても、そっと里子に出してしまうような人はおらんようになったでな」

背の母の顔が優しい。

「父あんが死んだことを、なぜ知らせてくれんかった」

「どこへも知らせるなという遺言だった」

「謝りたかったんよ。苦労ばかり掛けて」

娘が号泣した。

背の母が静かだ。

「眠ったんか」

娘の声に母が首を横に振った。

「今眠ってはもう起きられんようになってしまうがな。寿命を迎えた老木のように、自然に体が枯れおった」

「母あん。母あんが動きの鈍くなった足腰に鞭を打って、趣味の機織り教室の生徒に茶菓子を振る舞うなど、わが娘のために力を惜しまなかったこと、感謝しておるで」

娘の声が泣き声だ。

「感謝などせんかてええ。茶菓子を作ったのは誰のためでもおへん。自分のためや。十八で嫁にきて、村が狭うて暗うて居心地が悪うて、家出した。家出先の実家の親に連れ戻された。息が詰まりそうな村の中で、この暗い村をあの明るい街以上に明るくするにはどないしたらええかと、それればかり考えておった。栄えた街は明るいというではないか。同じ土俵では太刀打ちでけん。考えておるうちに次から次に子が産まれた。もうそれどころではなかった」

「諦めたんか」

「諦めはせん。山の畑へいってはシシ山の上空を燃やす街の明かりを見ておるうちに月日が過ぎていった。そんなある日、娘が村を出てあの街へ行きおったんよ。娘がな」

母を背にした娘が大声で泣いた。

「悪い娘やな。母あんを苦しめた悪い娘やな」

やがて母は娘の背で何事かを思い起こすかのように遠い目をしていった。

「シシ山の上空を燃やす栄えた街のあの明かりを見れば、誰の心にも憧れの心が芽生える。

娘は憧れの心をじっと抑えているだけではのうて、実行に移した。行きとうて、じりじりしながら実行に移せん者。居たたまれず街へ走る者。色々や。中でも愚かなのは、行きたくて、じりじりしながら実行に移せん者や。我が娘のために茶菓子を作ったのではない。思いを果たせなかったこの自分自身のために、作ったんや。一人でも多くの生徒が集まれば、村の繁栄に繋がるのではないかとな。感謝されることなど何もない。心配せんでええ」

鍵のかかった硬い扉を開き、封じ込めていた一念を吐き出した母は、娘の背に体を預け、眠った。寝息が聞こえてくるような母の寝顔をカガミの中に見る。祖父や父を思い起こしてもこの母を思い起こしたことがあっただろうか。伊勢屋のアキを本当の母、ただ一人の母でもあるかのように慕っていた。趣味の機織り教室を母の家の庭で開校し、通ってくる生徒たちのために茶菓子を作る母に感謝こそすれ、母が子にしてやれる当然ともいえる行為以上のものを感じていなかった。母はアキ一人と決めていたような自分の罪深さに身が震えた。

「姉あんは村で唯一人の成功者や。今以ってこの地場産業の街の人間に成り切った者さえおらん。姉あんは村の誇りや。家族は姉あんの御蔭で鼻が高い。あのころ、このような誇らしい日がやってくるとは思っておらんかった。思う暇もないほど苦しい日が続いておったんよ。姉あんが村を出てこの街へ来はったあとの家の中は殺気立っておったでな」

月緒の表情が曇った。

二歳の志緒は泣くばかりで乳も飲まない。風邪は引くし腹は壊すし目が離せない。母は疲労で風邪から肺炎を併発し、命をも危ぶまれ、一度ならず二度までも死の淵をさ迷った。父は仕事に行くも、早めに帰宅しては何が気に入らないのか子供らに当たり散らした。学校へは行ったり行かなかったりで、勉強どころではなかった。読み書きソロバンは祖父に教わった。初めから姉などいなかったのだ、と思おうとした。しかしそうは思えなかった。姉が憎かった。そんなあるとき、思い掛けない心の変化に気づいた。父に連れられて村へ戻った姉のやつれた顔を見たときのことだ。自分の幸せのために家族を見捨てた姉が苦しんでいる。自分を苦しめた相手の苦しんでいる姿を見ると不思議に胸の蟠り《わだかま》が消え失せた。嘘のように身も心も軽くなった。姉への憎しみが一気に吹き飛んだ。するとやつれた顔の姉が小さく見えた。姉を救おう、そう思った。

月緒の表情が和らいでいる。

村の上空が趣味の機織り教室の明かりで真っ赤に染まっている。アキが残した縮緬が、御神体に向かう我が身を飾り、屋根裏部屋いっぱいに裾を靡かせ、腕の中に百十三年を生きた母を抱いた。

「母あん。あの真っ赤な空は村の明かりやでえ。趣味の機織り教室の繁栄の明かりやでえ。長い間待っておった暗い村が、明るい街になったんやでえ。聞こえるか」

「おお。真っ赤やなあ。きれいやなあ。ここは伊勢屋か。おまんは花緒か。趣味の機織り教室の焦がすような空の明かりを、この街から見とうてな」

そういって母は瞼を閉じた。

「母あん。眠ったらあかんで。これから村へ向かうでな」

貧しい村の一人の少女が都を目指し、山を越え、わが身を蛇に仕立て、カガミに幻影を映してはそれを励みに生き抜いた九十五年の最後の脱皮であった。やがて、風に靡く長い脱皮殻を夜空に泳がせ、かつての少女は繁栄の明かりが空を焦がす村へ向かった。脱皮殻は村の上空を泳いだ。

「母あん。村の繁栄の色やでえ。長い間待ちに待った繁栄の色やでえ。真っ赤やろう」

村の繁栄の明かりを、伊勢屋が存在するこの街から見たかったという母の瞼はもう開かなかった。真っ赤に燃える村の上空を、かつての少女は御神体の住まう高い山を目指して脱皮殻を泳がせ、都をあとにした。

参考資料

「浜縮緬沿革誌」浜縮緬同業組合
「浜縮緬の専売と織元」三島康雄著
「縮緬、日本の染色」西村允孝　奏流社
「見学記、二つの地場産業を見学して」長浜縮緬工業協同組合
「湖北、長浜のあゆみ」市立長浜城博物館
「創設四十周年記念誌」浜縮緬工業協同組合
「糸の世紀、織りの時代」滋賀県長浜市長浜城歴史博物館

背信

翔……。翔はどこにいるの？

探し求めてさ迷う身に、狭い町の風は冷たかった。耐え切れず逃げるようにして町を抜け出し、都会に住むようになって五年、八歳年上の孝之と結婚した。（僕と一緒に人生を歩みませんか。決して不幸にはしません。仲良くやっていきましょう）翔以外の人の妻になることを考えてはいなかった。しかし、決して不幸にはしない、仲良くやっていこう、と言う彼に、以前から親しかった人のような近しさを覚え、救いの神にも菩薩にも感じ、幸せな人生を送り出せるのではないか、という予感に、彼との結婚を考えた。だが一方で、相手を不幸に陥れ兼ねない結婚はすべきではない、という思いもあった。

心の中には、あの日以来の翔がいた。昏睡から覚めた時、傍らにいるはずの翔は、いなかった。二人の仲を喜ばない翔の父親、本田龍三の所業に相違なかった。引き裂かれた身はじっとしていない。翔を探し求めて心は十八歳のまま止まっている。そんな心の中へ、果たして孝之の愛を受け入れる隙間が残っているだろうか。わずかな希望を求めての思い切った結婚であった。

　製薬会社へ出勤する孝之を、一日何事もなく仕事を終え、帰ってきてくれることを願いながら、彼は大事な人、彼に応えるには彼を愛する以外にない、愛さなくてはならない、と深く心に言い聞かせ、見送る。だが愛そうとして愛せるものでもなく、愛そうとすればするほど翔との時間の中に戻ってしまい、ふと気づくと、北への旅に出ている。

　初めの頃、孝之は、（車で送ろうか）と言った。しかし（桜のいい季節だから、のんびりと一人で）とだけ言って断った。紅山桜を見に、とは言わなかった。しきりに呼ぶのは北の地方に咲く紅山桜だった。しかし、それだけではない。孝之には言えない別の理由があった。言えば、心の奥の秘めた思いを明らかにせざるを得なくなり、孝之を窮地に追い込み兼ねないことを知っていた。（桜の季節は過ぎているのではないか）と言う孝之に、北の地方の桜はこれからが見頃であると応え、もう何も聞かないで、という秘めた思いを込めて、北へ向かっていた。

　菓子や酒などの土産を両手に提げ、北の地方から戻る妻に彼は（風呂が沸いているよ）と迎える。笑顔での迎え方とは違うまでも、風呂の準備を済ませている彼を思えば、北への旅は止めようと半ば誓いを立てるのだが、その季節を迎える頃になると、紅山桜の満開の花の下での、翔の声が呼び、じっとしていられなくなる。(ぼくたちはここでしか会えないのだから、ヒナちゃんに会いにぼくはここへくるよ。この紅山桜もぼくたちを見守っていてくれるから)苦い思いを味わったあの田舎町で心が癒されたのは、翔と翔の母から受けた愛だけであった。翔を切り離しては考えられなかった。

心臓の病気を持つ母と、翔のいる田舎町へ越して行ったのは、父が過労で倒れて間もなくの、十八歳のときだった。父の友人が所有する古い家の留守番を母が引き受けてのことであった。

その家は本田龍三の会社の敷地続きにぽつんと立っていた。(この小さな田舎町にこんな大きな会社がねえ)母が床の中で言った。その通り、町の一区画は紳士服製造業を営む本田龍三の会社の建物で埋め尽くされていた。そこで働いている何人かは土地の人であったが、ほとんどは近郷から通ってくる少年少女だった。度々発作を起こす母を考えると勤め先は近いほどよく、自ずと本田龍三の会社に決まった。

龍三の一人息子で同い年の翔とも、そして彼の母親とも親しくなった。母親は(翔のいいお友達になってね)と言い、馴れない土地での心細さを紛らわせた。しかしその幸せとは別に、土地の子供たちは、なぜか我が家の周りをうろうろし、毟り取った草や拾った石を投げ込むなど、悪さを働いた。焼いた菓子を握らせようとすると、一斉に逃げた。逃げた先で、こちらを見て、（やあい、ボロうち）と叫び、やってきては、家の周辺をうろうろした。逃げては来、来ては逃げる子供たちの行動に、たかが子供のすることではないか、と思いながらも、重圧感を拭い切れないでいた。

ある日庭で花の種を撒いていると、子供たちが石を投げてきた。石は頭に当たった。偶然やってきた翔がそれを見て憤り、逃げる子供たちを捕まえ、説教をした。（君たちのしていることは悪いことだ。君たちが投げた石に当たってあの人は怪我をしたのだよ。なぜそういうことをするのだ。これからはしないな。わかったな）町では羽振りの利く本田龍三の息子とあって彼らは逆らえず、わかった、といって一旦は引き揚げるものの、石を投げる彼らの行動が止むことはなかった。

重圧感は子供のそれだけではなかった。祭りの寄付金も共同募金も我が家には集めにこなかった。単なる余所者扱いか、それとも母と子の暮らしに憐れみを抱いてか、あるいは因習に囚われた排他的土地柄故か、理解できず、その衝撃の大きさは、石を投げる子供たちの比ではなかった。すっきりしない中で翔とは急速に親しくなった。彼は、ミシンを踏んでいる仕事場へ入ってきて頰に指を当てたり顔を覗き込んだりした。二人の仲を喜ばない翔の父親本田龍三が、それを見逃すはずはなかった。翔の相手は分相応の家の者でなくてはならなかった。翔の来ない日が続いた。

そんなある日、仕事が終わって帰ろうとすると、翔が裏口で待っていた。ほとんど人の通らない裏山の道を二人で歩いた。木の根元に腰を下ろした翔が、（ねえヒナちゃん、この木は桜だね。ぼくね、山桜の伝説を聞いたことがあるんだよ）と言った。（伝説？）（昔ね、弾誓《だんぜい》上人が自分の像を刻むのに桜の木を切ったんだって。ところが熱い血が流れ出てきて思うように刻めないんだ。それで上人は刻むのを諦めて、それを袈裟に包んで、持ち帰ったんだって。熱い血を流した桜ってどんな桜だろうね。ブナの新緑に雪が舞って、山にその桜が点在する風景は一度見たら忘れられないって。きっと素晴らしい桜なんだよ。ねえ行こうよヒナちゃん）翔の目が輝いていた。（その桜のあるところ、どこなの）（新緑に雪だから北の地方だろう。調べればわかるよ）（でもその桜、この辺りのとは違うのかしら）（違うんだろう。行ってみないとわからないよ）

そして季節も終わりに近いある日、北の地方に咲く紅山桜を見にいった。山の中の静かな温泉宿の女将が（まだ咲いていますよ。雨が降っても風が吹いても、花の命が終わるまでは決して散らないのですよ）と誇らしげに言った。木々の間から遠くの雪山が見え隠れする山道を翔と登った。楓やブナが赤茶色の芽を吹いていた。落葉松《からまつ》の淡い緑も目に新鮮だ。辛夷が白い花をつけていた。中に混ざって紅色の花をつけた木が見えた。（あの木は何かしら。桃かしら）（桃とは樹形が違うよ）（すると例の紅山桜かしら）（そうかもしれないな。きっとそうだ……）再び山道を登った。頂上近くまでいったとき、紅色の花をつけた大きな桜の木が突然目の前に現れた。（ヒナちゃん。紅山桜だよ）――これが紅山桜か。四方に枝を伸ばした太い桜の木が青い空に紅色を広げていた。初めて見る紅色の桜に引き込まれ、物も言わず仰ぎ見る。木の真下へ行った。まだ満開になっていなかった。たくさんの蕾が見える。蕾の濃い紅色が全体の花の色を一層濃く見せている。やがて、木の下に宴席を設け、宿が用意した弁当を広げた。この日のためにと、翔が習いたての謡《うたい》を披露した。

これハ鞍馬の御寺に仕え申す者にて候。

さても当山に於いて、毎年花見の御座候。

殊に当年ハ一段と見事にて候。

さる間東谷へ只今文を持ちて参り候。

いかに案内申し候。

西谷より……。

初めて耳にする翔の、声の響く素晴らしい謡だ。しかし翔は（こんな程度では人前では謡えないな）と恥ずかしそうに笑った。（満開の花見のすばらしさは十分に伝わってきたわ。今日の花見には、成功の謡だったと思う）思った通りを伝え、そして言った。（でもどうして上人が自分の像を刻むのに紅色の花の咲く桜の木を選んだのかしら）（それはだね、厳しい修行の中で死と転生の世界を語っているという山嶽修験だけにある独特な権現があってね。それで咲くことと散ることがほとんど同じ美しさの桜の木に彫ろうとしたのだろう。もともと桜の木には神の信仰があるから。ところが桜は桜でも……）（わかったわ翔。紅山桜だったのね。それで赤い血が流れ出てきたというわけね。その紅山桜のように、無理に翔と引き離されたらきっと赤い血を流して泣くわ）二人の仲を喜ばない翔の父親の本田龍三を脳裏に浮かべて言った。（ぼくはヒナちゃん以外の人とは結婚しないよ。父親には父親の考えがあってのことだろうが、いつまでも反対させてはおかないから、安心して待っていてよ）

真剣な翔の目が心を落ち着かせる一方で、不安もよぎっていた。（待っていたらいいことがあるかしら。町全体が辛くするんですもの。だからいにくいし、町が好きになれない）（ぼくも自分が生まれた土地でありながら好きになれない。町が閉鎖的で息が詰まる。大昔そのままの差別意識を引き摺っていて。ぼくの父親がそれだ。相手を格付けする。代を任せるのに同格の相手でなくてはならないなどと。人物でなく、格で……）（翔、止めて）聞いていられず涙が出た。（この際ぼくの気持ちを言っておく。しっかり聞いておいてほしい。ぼくは、父が嫌いではない。とくに行動力のあるところなど、好きだ。尊敬もしている。しかしどうしても許せないのが、あの差別意識の強いところだ。それさえなければヒナちゃんを妻にして、父の会社の後を継ぐ。ヒナちゃんを妻にするのが条件だ。条件が通らないのであれば、ぼくは父の後も継がないし、この町にもいない。大都会の中でヒナちゃんと暮らす）翔は淡々と述べた。

彼は父親を嫌ってはいない。それどころか愛している。尊敬もしている。後を継いでもよいとさえ言っている。ただし、条件付きで。父親の本田龍三が翔の条件をどこまでも通さなかった場合、翔はどうするのか。父を愛している息子としてどうするか……。青く澄んだ空に雲が出てきた。土地の人が挨拶をして通った。今日の紅山桜は昨夜の雨で潤っていてとてもきれいだと。

北の地方の花見から戻った翔は、仕事場へは来なくなった。父親龍三の留守の間に花見に向かった翔を、龍三が許すはずもなく、仕事場への出入りを固く禁じたに違いなかった。

会えないままときが過ぎていった。

浴槽に身を預けようとしていたそのとき、わずかに開いたドアの隙間から孝之の声が突然響いた。（湯加減はどうかな……）（入ってこないで。一人で落ち着いて入りたいからと言ったでしょう。早くそこを閉めて）孝之に嚙み付いた。只事ではない妻の様相から何事かを感じ取ったのだろう孝之は去っていった。その後しばらくは彼の笑顔を見ることも、言葉を交わすこともなかった。孝之には体の後ろ側を見せたくなかった。見せてはならなかった。そこには翔を忘れることのできない醜い跡がある。笑って見せられる日のくるまで、目をつむっていてほしい。妻になって日の浅い日、孝之に手を合わせて泣いた。

気の重い日が続いていた。そんなあるとき、孝之が趣味の魚釣りに誘った。（海が呼んでいるから行こう）明るさを取り戻した孝之の誘いにほっとし、一も二もなく誘いを受けた。結婚を控えた辺りでのデートは常に魚釣りだったので、今回で数回目くらいにはなっていた。孝之の目的の獲物は、荒波の打ち寄せる磯での、岩の間へ逃げ込んでしまう難しい釣り、石鯛だ。こちらは浅いところにいる小魚に絞られる。その餌がミミズによく似たゴカイという虫で、弁当箱ほどの箱の中でうようよ動いているそれを見ただけで背中から首筋から顔まで固まり、震えが走る。まして摘んで釣り針につけるとなると怯えで冷や汗まで出てくる。（いつになったら馴れるのかな）孝之の目が軽蔑している。（だったら針に付けてくださいよ。黙って見ていないで）口を尖らせて言いながら、餌のついていない針を故意に水面めがけて投げ込む。笑うばかりで言葉の出ない孝之が餌のついていない竿を引き寄せ、箱の中で絡み合っているゴカイを一匹吊り上げ、五センチほどの長さに親指と人差し指で千切り、針に付ける。見ているだけで全身に寒気が走る。魚釣りの同行は、本当は断りたい。しかし隠し事をしていることへの負い目から断れない。孝之を心から愛してこそ、幸せがくる。そんなことを考えながら、いつもの同じ釣り場で、苦手なゴカイに身を縮ませ、糸を垂らす。

ふと、一案が浮かんだ。箱の中のゴカイに砂をたっぷり被せる。砂を纏って動き廻るゴカイを横に見て、鋏で切る。そのままの状態で今度は針に、ゴカイが引っ掛かるように、箱の中を掻き廻す。よし、これでいってみる。引っ掛かった針の先のゴカイをまともに見ないように細い目で、見る。引っ掛かるものだ。苦笑する。これからは孝之の手をわずらわせなくても済む。餌つけの心配はなくなった。次は魚の数を上げることだ。尺取虫を思い出した。虫は、進んでは、止まり、また、進んでは、止まる。その繰り返しだ。早速実行に移す。できるだけ遠くへ竿を投げる。そこからこちらへ引き寄せては、止まり、また引き寄せては、止まる。動く餌に興味を示して魚がついてくる。孝之に向かって声を発する。（尺取り法よ。次から次に魚がくるわ）（君は素晴らしいよ。釣るための方法を考えだすなんて。それに磯へきたときの君は普段にはない明るさがあって、僕は好きだよ）

水面のうきから目を離さず表情も変えない孝之に、褒められているのかうわべだけのお愛想なのか疑わしく、横顔をじっと見る。――この人はその辺りにいる田舎のオジサンだわ。色気も何もない八歳年上のオジサン。この女を一生みていく義務がある――。多分そう思っているに違いない。義務。それ以上のことは考えていないのではないか。腹を割ってざっくばらんに話し合える相手ではない目上の人、父親。そんな存在。父親でもない保護者でもない平らな人であったら何と素晴らしいことか。翔はそんな人だ。真剣に水面のうきを見る。しばらくすると、魚が餌を食わなくなった。それでもうきから目を離さない。孝之も釣れていないようである。水を張った袋の中には一匹の魚もいない。（こう釣れないと疲れがどっと出てきて気分転換にはならないな）珍しく元気のない声で孝之が言った。――疲れ。仕事人間の彼の口から出た言葉とも思えない。人間疲れると最悪な道を辿ってしまう。孝之を疲れさせてはならない。（帰りましょう。釣りを止めて帰りましょう）（大丈夫だ。潮の流れが止まったから魚の動きがなくなっただけだ。そのうち釣れるさ）

孝之の声に力がない。(ダメよ。帰りましょう。釣りはいつでもできるわ)孝之を急き立て、釣り道具を纏め、帰り支度を整え、帰路に着いた。孝之を疲れさせてはならない。車を運転する孝之の、どうかすると閉じたり開いたりする疲れも極限にきている瞼。(この先のサービスエリアで休憩を取りましょう)無理にも、取らせたかった。しかし孝之は、大丈夫だ、といって速度を落とさない。(大丈夫じゃないわ。事故を起こしては元も子もないわ)エリアに近づいても依然として速度を落とそうとしない。(疲れが限界にきているのは二人とも同じよ。だからエリアに寄って……)孝之は仕方ないという表情を見せ、駐車場に車を向けた。疲れなどきてはおらず大事な孝之を疲れさせたくないだけだった。疲れの後にくるものを、知っていた。その恐ろしさを、知っていた。孝之にその恐ろしさを味わわせてはならない。あの町には、疲労を恢復されてくれる者は一人としていなかった。

人員整理を理由に会社から解雇され、隣町の花屋で働くようになったある日、突然翔が現れた。(見合いの日が決まってしまったよ)押し殺していた翔への思いが一気に噴き出した。(断って。ねえ断って)(断れると思うか。あの父親に逆らえると思うか。仕方ないから見合いだけはしようと思う。結婚はしない。信じてよ。その間に僕たちのことを考えよう)彼が見合いをする。置き去りにされた。塞ぎ込む日が多くなった。見合いの様子ばかりがちらつく。信じてよ。翔はそう言った。だが夢の中の翔は遠くへいってしまう。手を伸ばして捕まえようとしても、届かない。

翔の見合いの日がきた。彼からは何の連絡もない。婚礼の日取りが聞こえてきた。狭い町の中は目出度い話で沸き返った。翔と歩いた町の中をどのような顔をして歩けばよいのか。食欲がなく、眠れない夜が続いた。体が弱っていった。翔のくるのを待った。(ヒナコ、何か食べないと体が弱ってしまうよ。元気を出してくれないと母さんまで悲しくなってしまうじゃないの)母が床の中で涙を流した。この母に涙を見せてはならない。自分に言い聞かせてきたつもりが身も心も疲れ果ててしまっている。

翔の婚礼を間近に控えたある朝、声を掛けた母に返事がない。顔を覗いた。青白い顔が動かない。(母さん。母さん)顔に手を当てた。冷たい。死んでいる。母さんが死んでいる。(母さん……)母は死んだ。この自分を心配して死んでいった。母を死なせてしまった。両手で母の冷たい顔を包んだ。枕元に、預金通帳が置いてあった。手紙が添えてある。通帳には積み立てた金が記入されている。手紙の文面は、翔を忘れるためにこの地を離れたほうがよい、というものであった。この町は自分たち親子には住みにくい、と母が言ったことがあった。母もこの町から出て行きたかったのではないか。翔から離れられない娘のために我慢したに違いなかった。翔の見合いが決まった直後、家に帰ってみると、母の姿が、ない。茶托に載った湯飲み茶碗が、テーブルの上にあった。客か。滅多に客のない家に客が来た。母は台所にいた。両手で顔を覆い、後ろ向きに立っていた。（どうしたの、母さん）（遠い所へ引っ越してくれるようにと、纏まった金を持って……）本田龍三の使いの者がやってきたという。（情けなくて）と母は頬を流れる涙を拭った。（それで、受け取ったの？）（受け取らない）（当然よ。叩き返してやればよかったのよ……）我が家は貧乏ではない。多すぎるほどの手当を支給されている。

会社重役であった父の存命中は親子三人都会の大きな家に住んで何不自由のない生活をしていた。能楽堂での公演も見に行った。田舎では見られない能の舞台だ。白い頭髪の上に大きな竜を乗せた老体が舞っていた。広い袖の金襴緞子の能装束を身に着けた老体が。老体は白い髪を肩の上いっぱいに広げ、一部を胸の上に流して、腕を横に張って、金色の目で前方を睨んでいた。失った釣針を探しに竜宮へ行き、竜神の娘と結婚し、釣針を手にいれて帰る、という海神竜王の神話だ。子供時代は恵まれていた。決して貧しくはなかった。貧しい家の子もいた。母親と二人だけの子もいた。靴を買えない家の子もいた。父も母も彼らを差別しなかった。みな仲良くやっていた。

父親の欠けた母と娘の借家暮らしはそれほど哀れか。除け者にされるほど見るに忍びないか。家がボロで何が悪い。借家暮らしで何が悪い。両親の揃った財産家の娘なら息子の嫁にと喜んで迎えるのか。怒りは収まりがつかなかった。結婚を許してもらうべく翔と一緒に本田龍三の前にひざまづいたときのことが蘇る。龍三は、これで翔との関わりを絶ってくれ、といって小切手の入った封筒を握らせた。その惨めさに耐え切れず思わず突き返し、家に向かって走った。ぼくはヒナちゃん以外の人とは結婚しないよ。翔の声が背中に張り付いていた。たった一人の肉親である掛け替えのない母を自分のわがままから死なせてしまった。食欲のない体が目に見えて衰えていった。自分を取り戻すにはこの町から出ていくことである。知っていながら、引き裂かれたままの翔を残して出ていけない。いつ朝がきて、いつ夜がくるのか知らないうちに過ぎている。

本田の屋敷に新居が建った。翔は妻になる人と一緒に住んでいるらしい。二人で歩いているのを見た。この頃姿が見えない。病気らしい。何が本当か、人がとりざたした。山の裾を電車がこちらに向かって走ってくる。稲を刈り取った田圃の上を風が吹きさらす。婚礼を間近に控えた幸せそうな翔の顔が頭の中いっぱいに広がる。母の遺影が穏やかな顔でいましめる。どこへ行くともなく這って裏口を出た。這う手に固く冷たいものが触れた。

心身ともに疲れ果てた体は先へ進もうとしても進まない。後へも引き返せない。そのまま眠った。目を開いた時、レールを握ってうつ伏している自分の周辺に人が大勢いた。手を伸ばせば届きそうなところに電車が止まっていた。自分がどうしてそのようなところにいるのか思い出せない。裏口をいつどのようにして出たのか覚えていない。重なる心身の疲労に意識が朦朧としていたとしか思えない。母の穏やかな顔がよぎった。

サービスエリアで孝之は車から降りず、両手でかかえたハンドルに顔を伏せていた。助手席から孝之の額の辺りに手を触れた。熱があるようだった。（風邪かも知れないわ）顔を覗き込んで言った。（大丈夫だ。大したことない。さあ行くぞ）孝之は熱のある身を奮い立たせ発進した。（無理をしないでね。もう少し行ったらまた休憩を取りましょう）孝之には元気でいてほしいのだ。

床に就かせた孝之に、絞ったレモンの、蜂蜜を加えた温かい飲み物を与えた。風邪が治る飲み物であると、翔の母が教えたものだ。風邪こそ引いてはいなかったが、何度か飲んだ。（すっぱくてのめないよ）孝之がカップを返してよこした。飲まなければ風邪は治らない。飲まない孝之のためにバナナミルクセーキを作った。これも翔の母が教えた飲み物だった。生卵にバナナとミルクを加えて溶いたものだ。孝之は飲んだ。（おいしい?）（おいしい）（もっと飲んで。ぐいぐい飲んで）ぐいぐい飲んだのは孝之ではなく、翔だった。孝之に飲ませているつもりが、翔に飲ませていた。

翔の婚礼が明日に迫った日、空は朝から灰色だった。翔はどうしているのか。信じてよ、といったあの言葉は嘘だったのか。なぜ、会ってくれない。翔の本心が知りたい。明日の婚礼は本田龍三の会社挙げての催しになるだろう。町の人は花嫁を一目見ようと集まってくる。翔と花嫁が固めの盃を交わす。人はそれを見て似合いのカップルだと絶賛するだろう。灰色の空が夜になって強い風と雨になった。トタン屋根に打ち付ける雨の音が体の芯を凍りつかせる。風は木を揺さぶり、家を震わせた。母の遺影が蠟燭の炎に濃い影を落としている。どのくらいうつ伏していたのか玄関の引き戸が開いた。息をつめ、聞き耳を立てる。開いたのではなかった。強い風雨に家が軋んだのだ。風はさらに強くなり、雨も強くなった。

孝之の額に手を当てる。熱がある。薬を飲ませなければならない。しかし孝之に薬を飲ませたくない。飲ませたら彼はどこかへ行ってしまう。きっとどこかへ行ってしまう。薬は怖い。孝之は大事な人。どこかへ行ってしまっては困るのだ。

引き戸が開いた。風と雨とが勢いよく吹き込む中を黒い影が近寄ってきた。翔だ。翔がきたのだ。嵐の中をずぶ濡れになって、ポケットにいっぱいの薬を忍ばせて……。一夜明ければ彼の婚礼が待っていたのだ。翔……。その夜、夜が明けるまでの僅かな時間、体を寄せ合い、最後の夜を温めた。そして朝がくる前に、二人だけの世界へ旅立ったはずであった。

(気がつきましたか)白衣の女性が顔を覗きこんでいた。(翔……。翔……。翔はどこ?)辺りを見廻した。翔がいない。見慣れた家具や置物がない。我が家ではなかった。(どうしてここにいるのですか?)(運ばれてきたのです。二日前に……)(それで翔はどこに?)(ここへ運ばれてきたのはあなた一人です)(一人。すると翔は死んだのですか。死んでしまったんですか……)(さあ)ベッドから身を起こし看護婦の胸をつかんで揺さ振った。(翔が死んでしまったら、この世にはいられないのです)(もう大丈夫ですよ。退院できますよ)(退院してもうちには誰もいないのです。母は死んでしまって迎えにきてくれる人いないのです)看護婦は出て行った。翔は天国へ逝ってしまった。自分は取り残された。手にいっぱいのあの薬はどこへ入ってしまったのか。喉を触る。薬はここから落ちていったのだ。あの薬はどこへいったのか……。胸を触る。腹を触る。翔一人を天国へ逝かせてしまって、自分はこの世に残ってしまった……。翔……。翔……。たった一人、翔を呼び続けた。

町の餓鬼どもが家を取り巻き、罵声を浴びせた。（心中未遂やーい）（死に損ないの二人やーい）――二人。　二人と言った。確かに二人と言った。翔は生きている。生きているのだ。（翔……。どこにいるの、翔……）二人とも生きているのになぜ自分だけがこの病院に連れてこられたのだ。本田龍三だ。事ここに至ってなおも二人を別にしようとしている。翔は他の病院へ運ばれていったのだろう。それとも、家か。翔の父親本田龍三は生木を裂いた。赤い血が流れ出る生木を……。裂かれた生の木はいつまで経っても血は止まらない。翔に会うまでは、止まらないのだ。本田龍三よ、それを知っているか。（翔はどこにいるの？　翔……。翔……）

翔を探して工場への道を歩き、かつての仕事場が見える窓際に立った。ミシンを踏んでいる顔を覗き込んでいたあの時の翔は、いない。この家のどこかで養生をしている。それとも、大都会の病院へ運ばれてそこで恢復を待っているのか。翔とは別にされて。狭い田舎町のこの病院にただ一人、入れられて。せめて同じ病院に入れてほしかった。（翔、どこにいるの）裏山の道を翔と二人で歩いた。翔が腰を下ろした木の根元に座り込んだ。忘れられない翔との思い出が北の地方にある。青空を紅色が塞いでいた。真下から見る満開の紅山桜だ。――きれいだったわね、翔。もう一度行きたいわね、翔。裏の山道を一人でとぼとぼと家に向かって歩いた。

餓鬼どもが家の中を覗いていた。彼らは口々に、心中未遂やーい、といって逃げ、家に向かって石を投げた。町の中は、心中未遂、一色になった。いつかきっと熱が冷める。それまでじっとしていよう。翔を探すのはそれからでいい。そう思って家に籠った。（ここが心中未遂のあった家よ）町の外からも人が家を見にきた。中に当の本人がいようといまいと気遣いなしのずしりとくる重い声。――ここが心中未遂のあった家……。もうこの町にはいられない。もういられない。もう……。翔を残して、無理にも体を列車に乗せた。

北の旅から戻る自分に愛想のなかった孝之が、ある日、こぼれる笑顔で迎えた。（疲れただろう？　ゆっくり風呂に浸かるといい。夕食には君の好きなものが用意してあるから……）彼のその変わりように唖然とし、顔をじっと見た。食卓にはホタテやウニなどのうまそうな鮨が並んでいた。（どうした。早く風呂へ。ホタテが待っているよ）信じられない思いで風呂場へ向かった。あの機嫌のよさはどこからきているのか。この際、過去のすべてを明らかにしたほうがよいのではないか。しかし彼の機嫌のよい理由が、何を根拠としてのことかわからない以上、逆効果になりかねない可能性十分だ。翔が心の中に存在している限り打ち明けるべきではない。孝之を苦しめるだけだ。背中側の、翔との思い出の跡に手を触れ、どれ程機嫌よく迎える孝之であっても、翔を恋い慕う気持とは別のものを感じていた。

一週間の日程での、北の旅は続いていた。孝之は変わらぬ機嫌のよさで送り出し、迎える。隠しとおそうとする妻の行動に不審を抱くことはないのか。どうして平常心でいられるのか。孝之は大事な人。しかし翔の変わりにはならない。心の中には生木を裂かれて血を流したあのときのままの翔がいる。半身で孝之を愛し、半身で翔を恋している。

その日は朝から雨であった。今が見頃の北の桜は咲いているだろうか。こんな日にこそ翔に会えるのではないか。日を伸ばす気にもなれず、孝之に見送られて家を出た。北への列車に乗り、秋田の湯瀬に着いた。山や沢沿いに咲く雨の中の紅山桜を見ながら宿に向かって歩いていくと、女将が見つけて駆け寄ってきた。（いつもこうなんですよ、ここは。風かと思うと雨、雨かと思うと風なんです。夜のうちに水を吸った花が早朝の柔らかな光に包まれて照り映える一瞬は、怖いほど美しいのです。通常目にする山桜より花の色が濃く、桃と見紛うほどで、花もやや大きめのため、大山桜ともいわれているのです。この雨が止んで、明日の朝は輝く桜が見られるとよろしいですね）耳に覚えのある話を女将はこの日もした。翔が宿に到着していれば、お待ちかねですよ、と真っ先にいったはずだ。夜半に雪になった。雪はみぞれになり、みぞれがまた雪になった。

翌朝、雪は止んでいた。透明な空気の中でブナの新芽が光った。キブシの黄の花の輝く山道を一人で登り始めた。楓やブナの新芽だろう赤茶色の固まりの中に桃色の山桜が姿を現した。紅山桜だ。思わず立ち尽くした。あのとき、翔も立ち尽くした。風に舞うしぶきが光った。近づいて、桜を仰いだ。今、ここに翔はいない。桜は時に不気味な暗さを見せる。移ろいのはかなさを見せる。死の相を見せる。あるいは生の歓喜の表情を見せる。桜よ、ここへ翔を連れてきておくれ。翔がどこにいるのか教えておくれ。弾誓上人の刻む桜の木から血が流れ出たというあの話をもう一度聞かせておくれ。桜よ、翔はどこにいるの。どうして来ないの。ここにしかない思い出の場所へ。このヒナコが、お父様を嫌っているから。それで来ないの？　今ではあのときほど嫌っても憎んでもいないわ。受けた差別行為が許せないだけ。翔と同じように行動力のあるところなど好きですし、尊敬もしている。だから来て。桜よ。翔を連れてきておくれ。翌日も、その翌日も、翔は来なかった。一週間が過ぎた。翔は現れなかった。

あの町へ行けば翔に会えるか。あの狭い田舎町へ。あれからあの町へ行っていない。夢の中では行っている。本田龍三の紳士服製造業の工場はそのときのままだ。心中未遂の家、と騒がれたかつての家はなぜか夢枕には立たない。恐ろしさに触れたくない思いが夢をも避けているのか。そのような恐ろしいあの町へは踏み込めない。当時の面影もない年をとった女が男恋しやと、なり振り乱して探し廻ったのでは笑い者になるだけだ。情けない姿を曝け出す勇気はない。翔よ、北の地方に咲くあの紅山桜の木の下へその身を運んでおくれ。

孝之との何の変哲もない暮らしの中で、ある日、紅山桜の押し花の貼られたノートを庭で焼いた。翔への思いを煽り立ててノートはめらめらと燃えた。焼きたくはなかった。だが孝之に見出されてはと、思い切って焼いた。（何を焼いたんだ）孝之が後ろに立っていた。（古いノート）慌てていった。（焼くことはないじゃないか。君の歴史だ）歴史。それはまるであの田舎町での翔との出来事を知っていての言葉のように重く響いた。果たして彼は、心中し損なった成れの果ての女が自分の妻であることを知っているのだろうか。そんな夜半、翔の声を聞いた。（ヒナちゃん）耳元で聞いた。姿がない。声だけが聞こえる。意識が暗闇の中を探る。（翔。どこにいるの。翔――）やがて意識は裏山の道に飛んだ。桜の木の下に飛んだ。（翔。どこにいるの。一人にしないで。どこにいるの、翔……）額の汗を拭かれている。はっとして手が汗の体の腰に廻った。翔との思い出の跡がその腰にある。翔には、思い出の跡が腰にあるだろうか。手は腰の違和感を撫でる。この腰の違和感を、翔は知らない。傍らの孝之の手が腕に触れて、目が覚めた。

孝之の妻になって、どのくらいの時間が過ぎたか考える余裕もないまま、髪に白いものが混ざり始めた。年が明けたある元旦、孝之と初詣に出掛けた。参詣する人も比較的少ない近くの神社へいくのが慣例になっていた。しかしその年は気分転換の意味もあって、人の混み合う神社へ足を延ばした。(混雑を覚悟で行ってみるか。よし行こう)孝之のその一言で行くことになった。境内は人混みで動きが取れない。前進も後退もできない中で十センチまた十センチと歩を進めていく。賽銭箱まで辿り着ける時間が計れない。覚悟はしていたものの、どうすることもできず、身動きのとれない人混みの中で、黙り込み、厭な溜息を呑み込んだ。(こんな気持でお賽銭を上げては神様には迷惑かもしれませんね)(慣れているさ。神様は)(そうかしら)(ところでこの神社での元旦の初詣は今年で何回になるのかな)(結婚して十年後に来たのが最初ですから、それから二回は来ているわ。十年ごとに)(そうか。僕は六十代に入ったか。すると君は?)(五十三よ。幸せに年を取って)(幸せか?)(幸せよ)思いやりのある男と結婚してこの年まで生きてこられようとは、あのとき誰が知ろう。そんな幸せの中にいながら翔を忘れられないでいる。孝之を裏切り通して三十年。この先もどうなるかわからない。

人いきれで気分が悪くなった。周囲の人の横顔が霞む。霞む横顔に、翔が映った。あれは翔だ。確かに翔だ。翔もこの賑やかな街に越してきているのだ。――翔。しかしこの人混みでは近づけない。大声で呼ぶこともできない。めまいがする。おや、翔がいない。初めから翔ではなかったのだ。跡取り息子の翔を本田龍三が手放すはずはない。翔も、父親を尊敬していた。その父親を裏切ってこの賑やかな街に出てきているとは思えない。五十三歳になった翔は、あの町で父親龍三の跡を継いでいるだろう。頭がくらくらしてきた。立っていられない。（大分近づいてきたな。でもまだまだだ）孝之が頸を伸ばして前方の賽銭箱の辺りを窺う。

額に手を当て、眉間に皺を寄せた。（どうした。気分でも悪いのか。顔色がよくない）孝之にかかえられ、人混みを掻き分けるようにして抜け出した。境内には座るところはない。冷たい石段に二人並んで腰を下ろした。（ダメだ。腰が冷える。暖かい店にでも入ろう。それとも、家に帰って蜂蜜の入ったレモン水を温めて飲むか）蜂蜜の入ったレモン水。翔と飲んだあのレモン水。冷えた体を温めてくれる魔法の飲み物、レモン水。境内を出て、家に向かった。孝之が冷えた体を温めるための魔法の飲み物を作った。飲むほどに翔が浮かんだ。翔は人の混み合う賑やかな街に出てきてはいない。あの町から抜け出してはいない。翔のいるあの町がしきりに呼ぶ。

サングラスを掛け、腹を据え、家を出た。男恋しやと、気の触れた女に成り代わって列車に乗った。二時間後には到着してしまう遠いとはいえない田舎町。しかし、地の果てへ行くほど遠い。三十数年前、上りの列車に乗ったあのとき、窓の外の景色を見る余裕はなかった。今もそれは同じだ。違うところがあるとすれば、あのときは体を休める部屋はなかった。だが今は帰る家があるということだ。そこには優しい夫、孝之がいる。その孝之に（買い物にいってきます。遅くなるかもしれません）と嘘をいって出た。これまで何度あったか知れない胸を痛めながらの嘘。見覚えのある駅に列車が着いた。降りようとする思いとは裏腹に母を失ったあのころが思い出され、腹を据えて出てきたはずが、体が硬直して、座席から離れられない。停車時間はその割に長い。一人の客が乗ってきた。この町の者だろう顔を見られたくない。通り過ぎるのを待って座席を立ったそのとき、列車が動き出した。何食わぬ顔で別の車輌に移り、次の駅で下車し、上りの列車に乗った。あの町へは踏み込めない。孝之が待っている家に、ある覚悟を決めて、向かった。

孝之は夕食を摂っていた。彼の好きなカレーそばが芳香を放っている。（お、早かったじゃないか。君に刺身が用意してあるよ）自分の部屋へも行かずそのまま孝之を正面にして緊張した面持ちで椅子を引いた。（今日、あの田舎町へ行ってきました）不愛想に言った。その声が彼に届かなければよいとさえ思った。（あの田舎町。君が娘のころにいたというその町のことか？）（そうです）（それで？）（今ではもう母もいないし、苦い思い出もあって、町を歩いてみる気にもなれず、そのまま引き返してきました）（そうか。気の向いたときにまた行けばいいじゃないか）さらりと受け流す孝之に話の糸口を摑めず焦った。自分からは言い出したくない過去を包み隠さず打ち明ける覚悟で帰りの列車に乗り換えたのだ。侮辱されようと離縁状を突きつけられようと覚悟の上で……。そして言った。（あの町は、死へ……）（言いたくないことは言わなくていい）（聞いてほしいのです。どうしても聞いてほしいのです。十八のとき）（止めろ）（あの町の翔という同じ年の少年と心中――）（止めるんだ。それ以上言うな）（言わせて。一緒に薬を飲んだ。死ぬつもりで飲んだ）（わかった。もういい。僕は知っているよ）

知っている。血の気が引いた。背に震えがきた。衝撃の強さが頬を流れる涙を止めた。――知っている。体の中の何かが変化した。背負っているものが重くなったのか軽くなったのかわからなかった。だが体に変化が起きたことは確かであった。何かが抜け落ちて軽くなった、というか、あるいは先が見えず、重くなったというか、これまで味わったことのない体になっている。(いつ知ったのですか)落ち着きを取り戻すようにして言った。(風呂の加減を見にいったときの君の様子が普通ではなかった。しかしそれほど気にはならなかった。結婚後間もない若い女性には有り勝ちなことだろうと……。それから数年が経ったころだったか、都会からさほど離れていないところに営業所ができた。その先辺りに、君の故郷があったことをふと思い出して、あるとき、行ってみた) 孝之はそのときのことを静かに話し始めた。

営業所から車で十分余りのところにその町はあった。何もない田舎町の駅前にコーヒー店が一軒だけ、ぽつんと営業していた。何とはなしにその店に入った。若い女の子がコーヒーを煎れてくれた。聞きもしないのに彼女は目を輝かせて話し出した。僕はコーヒーを飲みながら聞いた。——今この町は静かになったが、一時は珍しいもの見たさに人が集まってきて、観光地のように賑やかだった。ヒナコとショウの心中未遂事件のあった町、という見出しで新聞の地方紙が取り上げたのがその理由だ。——ヒナコ。ショウ。人々はヒナコの家を取り巻いた。その後すぐにその家は取り壊されて更地になったが、人々はそれをも見に集まってきた——。店の女の子はそういってサービスのコーヒーを僕の前に置いた。僕は初めて聞く妻の若いときの話に頭がくらくらし、胸の騒ぎを抑えることもできず、カップから立ちのぼる香りを黙って顔に浴びていた。

二度目にその町を訪れたのは、年号が平成に変わった数年前だ。見覚えのあるコーヒー店には、いつかの若い女の子とは似ても似つかない老女がいた。彼女は満面の笑みで僕を迎え、注文のコーヒーを煎れながら優しい声で言った。（どちらからおいでになったんですか）黙っていた。（都会の方がこの町へ来られることは滅多にありませんから一目でわかるのです。緑を縫って風に舞う見たこともない珍しい蝶を見つけたときのように、人の目がそれに釘づけになるのです。都会の人はきれいな水で磨かれるから美しいのです、とこの辺りの人はそういって羨望の目で見るようなところがあるのです。以前、もう何年も前のことですが、御存じかもしれませんが、都会から来られたヒナコという少女と、この町の翔という少年とが、生きる死ぬの事件を起こしましてね、大騒ぎになったことがありましたんです。そのヒナコという少女も、多分美しい蝶のような存在だったのではないでしょうか。それでこの町の人は、気軽には近寄れなかったのです。決してこの町は、排他的でも、因習に囚われた古い町でもないのです。静かでいい町です）老女はそういって微笑を浮かべた。でもどうしてこの町へ、という彼女の内面もその表情から見え隠れしていた。

（うまいコーヒーですね）何気なく言うと、（やはりうまいとおっしゃってくださるご老人の方がいらっしゃいまして、毎朝その方のところへ出前をさせていただいております。奥様の分もご一緒にお持ちしております。奥様はお優しい方で、和菓子に抹茶を添えて、もてなしてくださいます。ときには、バナナミルクセーキであったりもします。ご夫婦とも、お年がお年ですから、店にはおいでになりません。それに旦那様のほうは、この町の、顔、ですから。龍三さんといって。あの事件の、ヒナコというお嬢さんとショウさんの。その翔さんのお父様です）――ヒナコとショウの、未遂事件、忘れたくても忘れられない重い記憶として脳裏に深く食い込んでいる。龍三という人はその翔の父親か。翔は妻が十八歳のときの男……。老女の声が僕の考え事の中へ割り込んでくる。（二人は当時外国製の強い睡眠薬を飲まれたのです。その副作用で、翔さんの腰に見るも不気味な盛り上がった赤痣が出たのです。当時は外国製といえば、どんなものにでも人が飛びついたのです。それほど外国製はすぐれていたのです。今は国内産のものに目がいくのですがね。赤痣の出るような強い睡眠薬は今の日本にはないんじゃないですかねえ。よくは知りませんけど……）

老女は店の隅の椅子に座って、当時を振り返っているような遠い目をして言った。（それで、今、翔という男性はどうしているのですか）僕は初めて質問らしい質問をした。（父親の龍三さんによる監禁状態の中で若い頃を過ごされ、後に龍三さんの会社を継がれ、家柄にふさわしい女性を妻としてお迎えになったのですが、幾日もしないうちに、その女性は出ていっておしまいになりました。再びお迎えになった二度目の奥様も、日浅くして、出ていかれました。腰の赤痣が原因のようでして。それで翔さんは今、お一人でおられます）――痣が原因とはどういうことだ。そんなことで新妻が出ていくのか……。（あれだけの事件ですから、何もかもご存じの上で嫁がれたと思うのですが、現実は想像を超えたものであったのでしょう。赤痣が、無理に引き裂かれたヒナコという女性に重なってのことだそうです。翔さんの妻になる方は、ヒナコという女性以外には考えられないと、今となっては生死のほどもわからないその女性を探しておられると聞いております。その女性の思い出の一つであるという両親に連れられていった能楽堂での海神竜王を、部屋の欄間に彫刻されるなどして……）僕は苦いコーヒーを一気に飲んだ。

外は夕日を浴びた緑が何事もなかったように微風を浴びていた。家への帰り道、どこをどのようにして走ったかわからない車の中で、妻の身の振り方について、考えていた。夫としてどうすべきか。慕い続けている男の元へ妻を送るべきか。聞かなかったこととして知らぬ振りをするか。ある日突然男の元へ走ってしまうのではないかと気を揉みながら……。多分世の中の夫たちは、知って知らぬ振りをするだろう。賢いやり方と自分を納得させて。実際賢いやり方には違いないだろう。事を荒立てない点に於いては。ならば自分もそれに殉ずるか。自分は妻を愛している。賢いやり方と自分を納得させるまでもなく、去られたくない。単純にそれだけのことだ。慕っている男のもとへ妻が行くというのであれば、無理に引き留めはしない。妻の幸せを望むからだ。しかし僕の内部にも利己的考えが存在しないとはいえない。心中未遂の男女が再び縁を結んで幸せになったという例を知らない。なぜ、幸せになれないかは、ぼくにはわからない。時間が速度を上げて流れ、世の中が急速に変化していく中で、人の考え方だけが変化しないとは言い切れない。行ってみて、こんなはずではなかったと、後悔しても後の祭りだ。ここにいることが幸せではないか、といってやりたいうぬぼれもある。取り留めのない考え事をしているうちに車は家の前に着いていた。妻は外出しているのだろう中は暗い。案の定テーブルの上には短い文字のメモが置いてあった。(行ってきます)それだけだ。それで十分分かり合える夫婦になっている。出て行かないでくれ。どこへも行かないで僕のそばにいてくれ。ぼくは君を愛している。離したくない。誰もいない家の中で眠れぬままに、北の宿にいる妻に向かって、声を絞った。

孝之は夕食のカレーそばの空になった器を手に、立って行った。しばらくして、刺身、根菜の煮物、澄まし汁などを運んできた。そして一瞬難しい顔をした。切り出す最初の言葉を探しているかのようであったが、やがて話し始めた。(僕は君に悪いことをした。謝らなければならない)——謝る。何を謝るというのだろう。謝らなければならないことがあるとすれば、孝之を裏切り通したこちらのほうではないか。孝之を愛しているかのように見せ掛け、翔を愛していた。そして翔に会いたがっていた。そんな妻を優しく送り出す孝之には、謝罪する理由など何もない。(僕は君が苦しんでいるのを、君がまだ若い頃から知っていた。知っていながら、言えなかった。賢いやり方と判断したからではない。君の苦しんでいるのを見ると僕も苦しくなって、言えなかった。思い切って言っていれば、君の苦しみが軽減、いや消えたかもしれないと考えると、やはり君に謝らなければならんと思ったのだ)謝る理由とはそれか。そのころ、打ち明けられていたら、孝之との生活を跳ね除けて勇んで翔の元へ行ったであろうか。物見高い人の衰え切れないあの町へ。苦しみ抜いて泣き泣き出てきてまだ日の浅いあの町へ。行かれるはずはない。謝罪することなど、何もないのだ。今、翔はあの町にいる、あの町から出ていっていない。そこへ行けば翔に会える。そう思っていながらやはりあの町へは行かれない。見えないところでブレーキがかかっている。

当時翔は、結婚を条件に会社を継いでもよいと父親に言っていた。許されるはずのない結婚を条件に。そんなたわいない条件、掛け替えのない父親の前では粉みじんに砕け、吹き飛んでしまうに違いない。そして父親の認めた女性をありがたく妻に迎えるに違いない。そのような筋書がいつのころからか心の中にできていた。それがブレーキとなって、あの町へ行かせない。どこかの土地で、静かに生きて、そっと消えてしまいたい、そんなふうに思う自分がいて。あるいは、あの町の近くに住んで翔を陰からそって見ていたい、と思う自分もいる。

年を経た今、あのときの約束をまともに信じてはいない。その約束を相手が忘れずにいるとも思っていない。翔を求めて、翔が忘れられなくて、ただそれだけの理由で北へ身を運んでいるのではない。北への旅は、生木を裂かれた命の叫びだ。目覚めたあのとき、かたわらの床に翔はいなかった。憎むべきは本田龍三から受けた差別行為だ。龍三という人間のすべてではなく、その中の一部、差別行為のみだ。翔が言っていた。(ぼくは父が嫌いではない。好きだ。行動力のあるところなどとくに好きだ。尊敬もしている。しかしどうしても許せないのがあの差別意識の強さだ……)翔と全く同じだ。本田龍三そのものを恨んでいるのでも憎んでいるのでもない。父親を思う翔のように、好きにはなれないまでも嫌いではなくなっている。差別意識の強さの裏には、父親龍三なりの思惑があってのことだろうと思えるようになった。ただし、受けた差別行為については許したとはいえない。引き裂かれた身が最後の血の一滴を流し切るまで、紅山桜はこの身を北へ誘うだろう。

龍三氏よ、差別はよくない。苦しめられて泣いている人間のいることを知っていてほしい……。すべてを忘れて先へ行けと自分自身を叱咤しながら受けた差別が身から出ていかず、先へ進めない自分を情けなく思い、孝之へ、抑えられない気持が迸る。（いつまでも北への旅にこだわる女を、女々しいと思いませんか。自分自身、そう思っているのです）（差別はよくない。決して許してはならん。君が受けた差別については僕も憤って止まない。君の彼への愛は、その差別の上に成り立ってのもの故に、忘れようとしても、その差別の苦しみが存在する限り、消え去ることはないだろう。女々しいなどとは思っておらん。無理に忘れる必要はない。忘れようとしてもそこだけ抜き取ることのできない君の歴史だ。抜き取っては成り立たない人生の一ページだ。どこかで静かに生きて、そっと消えてしまいたい、などと思わず、君を待っている彼のところへ、真っ直ぐに、胸を張って、行くといい。彼は今、両手を広げて君を待っている。君は、堂々と行ける立場だ。立場が変わったのだ。逆転したのだ。もう何も怖いものはない。先の見えない不安から解放されたのだ。胸を張って行くことだ。ようやく辿り着いた君の人生ではないか。喜んで彼の胸に飛び込んだらいい）

この人は、深いところまで見抜いている。ここまで気遣いを惜しまない人が他にいようか。胸が込み上げてきて、人前で見せることのなかった涙が毀《こぼ》れた。（あの町は、君が考えているほど人情の薄い町ではない。少女の君が輝いていたから気軽に近寄れなかっただけだ。君は風に舞う蝶だったのだよ。君の幸せは彼のいるあの町にしかない。君は彼のいるあの町へいくべきだ。行きなさい。そして幸せになりなさい）孝之はしきりに送り出そうとする。無理に、歪んだ質問をしてみる。（あの町へ送ろうとなさるのは、裏切りが許せないからではないのですか。正直に言ってください）（僕は君に裏切られたとは思っておらん。君が幸せになればと、思うからだ）（自分の秘密を守るために、あなたに嘘を言い続けてきました。そんな女を許すとは思えないのです）（誰にも大なり小なり秘密はある。取り上げるほどのことではない。胸にしまっておけばよいことだ。それが人に迷惑をかけることにはならない。どんな気持でどこへ行こうと、人の心を断ち割ってみることはできないのだから）

抱いている秘密などちっぽけなもの。取り上げるほどのことではない。何と温情のこもった言葉か。落ち着きを取り戻した体が軽くなっている。(僕は知っているよ)彼がそう言った時、それを境に汚れた体の皮が一枚二枚と剥がれ落ち、心の姿勢が正されていったのだ。心の姿勢が。孝之に殉じたい気持が遮二無二強くなった。自分がからっぽになった気がした。それはどういうことか。意識だ。孝之への意識。彼を深く意識していたということだ。意識の深さと愛とは同意語だ。すべてを知られて、ほっとして、心身がかるくなったということではないか。もう理屈ではない。孝之は、愛して止まなかった翔なのだ。探し廻っていた心の翔は目の前にいる孝之だったのだ。孝之こそ、探していた翔なのだ。両手を広げて待っていたのは、孝之だったのだ。孝之は、かたわらにいる掛け替えのない人。翔は、深いところで眠っている人生一ページの人。時計が、二つを打った。午前二時だ。今日、たった今、孝之の妻になった気がした。すべてを脱ぎ捨て、からっぽになった孝之の本当の妻に……。

ようやく訪れた幸せの中で、孝之の命が失われかけていることに気づかなかった。気づいたのは、本当の妻になって、しばらくしてからのことであった。肝臓にできた癌が周辺の臓器をも冒していた。手の施しようのない最悪の状態であった。恐ろしい光景が浮かび上がり無意識のうちに叫んでいた。孝之が死ぬ。罪深い妻を許して孝之が死ぬ。幸せに酔い痴れるばかりで孝之の病気に気づいてやれなかった。死なないで孝之。一人ぼっちにしないで孝之。孝之は声を失っていた。耳に口をつけるようにして孝之を呼んだ。——孝之。——孝之。口許が開かない。孝之は死んでしまった。取りすがって泣いた。

数日間、魂の抜けた人間のように部屋に籠った。何日かして我に返ったとき、玄関の隅に束になって立てかけてある釣竿を一本引き抜いた。この竿で孝之は石鯛を釣った。磯近くの岩の下にいる白と黒の横縞模様の美しい魚、石鯛を。孝之は石鯛の魚拓をとった。玄関の壁に飾られた魚拓に手を触れ、孝之を呼んだ。帰ってきて、帰ってきて孝之——。四隅に止めてある古くなった画鋲の一つがころりと落ちた。辺りの床に画鋲は見当たらない。探しているうちに足が画鋲を踏みつけた。痛い——。画鋲を足から外して玄関ドアに向けて投げつけた。拾っては投げつけ、拾っては投げつけ、猛獣のように泣いた。孝之はもういない。死んでしまった。もういない。うめき声を出して泣いた。家じゅうをひっくり返して孝之の残して行った形跡を探し始めた。どんなものでもよかった。通勤に着ていた茶の背広。出掛けに着せ掛けた、着せ掛けた背中はもう、ない。抱き締めた背広から孝之の匂いが胸に迫ってきてたちまち涙が溢れた。狂ったように探す手に孝之のご飯茶碗が触れた。孝之はこの茶碗で一人、食事を摂っていたのだ。北へ向かう妻を送り出した後、静かに一人で。背に着せ掛けた背広も、釣竿も、一人で食事をした茶碗も、かたわらから離すことはできない。からっぽになった心へ孝之が浸透していく。沈殿する孝之が出ていくことは、もう、ない。

猫の席

臨月のアイの腹が足首に纏わりついて切なくも快い。

店番用の狭い休憩所の畳の上にいたのだろう。暖かい日にはやってきて身繕いをしながらとろとろと眠りに落ちる。興じていたずらを仕掛ける子供らがアイのいやがる蛇を鼻先にちらつかせても、夢の中。まれに薄目を開けることがある。（何だ、おもちゃか）という具合に辺りを見廻して再び目を閉じる。匂いに敏感なアイでも玩具の蛇には反応しないらしい。腹に触れられるといやがる。仔が腹にいてもいなくても……。骨格でおおわれていない腹の危険を逃れるための本能の働きかもしれない。まして臨月とあっては、尚以って、いやがる。手を触れるだけで、攻撃の牙をむく。アイの出産は、今回で何度目か。アイはこの家の、何代目の猫か。

幼いころの記憶に、茅葺きの古い家がある。広い土間の一角に台所があり、そのそばの板敷の部屋が食事をする場所になっている。火鉢のしつらえられた一段高いところの、畳の敷かれた部屋が家長としての祖父の席であった。食事をする祖父のかたわらにアイがいた。膝に手を掛け、顔を見上げて催促するアイが祖父にはたまらなくいとおしいらしく、抱き上げては、魚を与えていた。祖父が他界してその席に父が移ったのだろうが、そこに座っている父の姿を思い出すことができない。いつも、アイが丸くなって寝ていた。

父は長く家からさほど離れていないところで、キクノ以外の女性と暮らしていた。ときには帰ってきていたようだが、記憶はなく、狭い町のなかで父を見掛けることもなかった。人生百年ともいえる時代を迎えて、古民家の影もない今の家では、その一角が母キクノの営む食料品店になっており、忙しい母の手助けをしながら成長し、いつの間にか娘時代を迎えていた。

店を構えた家では客が絶えず出入りすることから、家族揃っての食事はないも同然で、誰が決めたのでもないが、各自が座る場所は自然に決まった。奥まった場所が上座になった。（ここは空けておきましょう）キクノは、いつ帰るとも知れない父のために、上座を空けていた。誰も座らない上座に、アイが座った。

アイの陣痛の呻き声が聞こえてきた夜、事前に用意した部屋の隅の段ボール箱の中へ五匹の仔が産み落とされた。通常は三匹を産むアイが、五匹とあって、忙しい。産み落とされた仔の、胎盤やへその緒を食べて始末をし、舐め廻してきれいにしたところで次の仔を産み落とす。何事もなく産まれてきた五匹の仔は、それぞれきれいに拭われ、まだ開いていない目で横たわったアイの乳房にすがりつき、両手で揉みながら生まれて初めての親の乳を吸う。

一週間もするとアイは、種族保存のための、動物的行動としての元気のない仔をあとに、丈夫な仔から順に口にくわえ、別の段ボール箱へ移し替える。出産の際の匂いを外敵に嗅ぎつけられる危険性を考慮しての、本能的行動による引っ越しだ。

二週間が経過したころ、アイはまた引っ越しをした。ここまできてようやく仔らの目が開いた。仔らは、アイに似た美しい輝きを持つ目をときおり瞬き、辺りを見廻しては、アイの胸にうずくまって乳を吸う。

白い毛を体に薄くまとい、お茶目な仔猫になると、仔らは、囲いの段ボール箱に足をかけ、よじ登ろうとする。アイは仔の成長を知り、誰も座らない居間の、奥まった上座の席に、五匹の仔を連れて戻ってくる。浅い箱の仔猫用トイレがあるだけの、毛布の敷いてあるそこは、アイが安心して横たわり、体を伸ばして添え乳のできる神聖な区域だ。家族のものでも誰であっても近づくことのできない彼らにとっての聖域。よくやったと、アイの首筋の辺りを撫で、褒めてやりたい気持をおさえ、少し離れた場所から静かに見守る。それが外敵から身を守ろうとするアイへの最小限の心づかいだ。大仕事を成し遂げ、そこで乳を吸わせるアイの至福の時を、誰も妨害はできない。

乳離れのころの、仔に与える餌は粥である。充分火の通った柔らかい粥を深めの大皿に移し、息を吹き掛け、冷ましてから仔らの鼻先へ運ぶ。まだ餌の摂り方を知らない仔らは、粥に口をつけようとしない。やがてアイが大皿の粥を啜ると、仔らが我勝ちにと大皿に顔までつけて粥を啜り始める。アイはかたわらで、旺盛な食欲の仔らを、座って、じっと見ている。アイが自分の餌に辿り着くのは、満腹になった仔らが目を閉じて静かになった頃だ。アイの餌は、ネズミ駆除用の家畜として飼われていた頃の、ご飯に味噌汁のかかったもので、猫用食べ物が出まわっているなか、祖母にならったそのままを引きついでいる。魚や肉など、家族の者の食事の御裾分けに預かることもある。離乳期の終わった仔らの餌も、アイと同じになる。

暖かい日には、アイはフワフワとした白い毛の仔を、店の休憩所へ一匹ずつくわえて連れ出し、日当たりの中で体を舐めまわす。生まれた順が影響するのか仔の体の大きさに多少の差がある。瞳の輝きを持つ白い毛の、動きまわる元気な仔猫になると、どの仔もあっという間に、乾物の魚や肉などを添えられて他家に貰われていく。それはまるで嫁入り道具を持たされて嫁ぐ愛娘の旅立ちのようである。

町外れの老婆が店にやってきたのは、仔らが元気に育って、アイの周辺を動きまわるそんなときだった。老婆は仔猫を貰いにきたのでもなく買い物にきたのでもなさそうで、何しにきたのかと、様子を窺うようにしていると、こちらをじっと見て言った。

「あんた、猫もいいけど早く嫁に行ったほうがいいよ。女は年を取るのが早いからな」

不躾な態度の老婆に、どう言ってよいのかわからず、しばらくは仔猫たちに視線を預けたままでいた。二十五歳を過ぎているとあれば、結婚への焦りがないとはいえない。店を閉めたあとの鏡の中の顔に張りを失った肌を見つめて憂鬱になる。

「あなたも若いころ、そう言われたことがあったんですか。早く嫁にいけと」

「行きそびれたから、言うておるんよ。でもたまにはあったさ。けど、気に入った相手とは、うまくいかんかった」

「ふうん」

「世間的見地からいえば、侘しく一人で暮らしている年寄りは不幸の範疇や。けどわしは、侘しいとも寂しいとも不幸とも思っておらん。幸せや」

この老婆を何度か見かけたことはあったが、買い物をするでもなく不躾な物言いをするなど、気味の悪さを感じ、注意人物として捉えていた。しかし、人の噂がそれを撤回させた。乱暴な物言いではあるが根は優しく正直者であると。彼女は男を追って西の方からきた。男には好きな女がいると知ってあきらめ、一人住む場所を探した。住みついたこの地を第二の故郷と決め、細々と和裁の仕事をしながら、手のあいたときに、町をきれいにと、ゴミなどを拾って歩いた。店の前のタバコの吸い殻などを、持参の紙袋に入れたりしているのを見かけたこともあった。何度か見ているうちに母とは親しくなっていることに気づいた。居間で茶を啜ったり座敷にまわって祖父母の壁の写真を眺めたり、あるいは店にくる客のため途中で席を立つキクノに代わって、アイのミルクを温めたりと、まるで家族の一員のような間柄になっていた。

そんなある日、キクノの話の、店に立ち寄るある男が浮かんだ。その男は、乗用車を近くに停め、ふらりと店にやってきた。特にほしい物があってではなかった。運転疲れの、気分転換のためだった。ザルに入った茹で卵を一個手に取り、ふと見た休憩所の、仔の体を舐めているアイに気づいた。男は近寄り、猫の邪魔にならないようにと思ってか、休憩所の端に浅く腰をかけ、殻を剥いて卵を口に含み、仔の身繕いをするアイを見た。アイが上を向き、口を舐め始めたそのとき、陽を受けたアイの瞳がオレンジ色に輝いた。（おお……）男は喚声を挙げ、大きく開いた目で瞬きをした。瞬間オレンジ色の光が緑色に光った。男はさらに、アイに近づき、興味深そうに首をかしげるなどして陽を受けたアイの瞳を見た。瞬きをするたびに、アイの瞳が放つ光の色が、赤であったり、緑であったり、オレンジ、であったりする。陽を受けたアイの瞳は、見る人の角度でそれぞれの色に映る。宝石のような輝きを放つアイの目を男はじっと見た。

仔が近寄ってきて、男の膝にのった。男はにっこり笑って抱き上げ、仔の目をじっと見た。アイと同じ目の仔猫に男は見惚れ、仔の名を、キクノに尋ねた。間を置かずして貰われていく仔に名はなかった。キクノは、アイの名の由来について、姑から聞かされていた一昔前の話を男に告げた。玄関の外に捨てられていた真っ白い仔猫を祖母が拾い上げた。彼女を見つめる仔猫の目の色が、嫁入りの際に贈られた指輪、キャッツ・アイ、の輝きそのものであった。仔猫の名はそのまま、アイ、になった。アイを可愛がった名付け親の祖母が、アイを家族の者に託して、逝った。アイはこの家の一員となって、子孫を残した。

「なるほど。キャッツ・アイ、ですか」

男は、東京の自宅からきて、富士五湖のうちで最も大きな湖、河口湖、そこから車で数十分ほどのところにある周囲十キロ余りの本栖湖へ行く途中だった。キクノはひとつかみの茹で卵を袋に入れ、途中の眠気ざましにと、ミカンやリンゴを添えて男にさしだした。車での客に行うキクノの習慣だった。男は名刺を置いて車へ戻った。高岡正也。大学病院の医者だった。そして男は、復路再び店に寄った。アイたちへの土産としてサキイカを用意して……。彼はアイの仔らとしばらくの間戯れ、（アイたちに会いに、また来なければいけないな……）などと言って帰っていった。高岡正也が次にやってきたのは、一ヵ月が過ぎたころであった。見違えるほど大きくなった仔らを代わる代わる抱き上げ、言葉をかけた。（どこへ貰われていくのかな。うちの仔にはなれないな）彼には妻はなく、一人住まいの身では猫を飼うのは難しかった。

正也が度々向かう本栖湖村は、無医村だった。東京からさほど離れていない観光地に、医者のいない村があったということにまず驚き、まだ三十には満たない正也の、村への関心が、当地へ足を運ばせていた。やがて村は、河口湖町と合併した。医者のいない村への気がかりの種は一応なくなったが、雄大な霊峰富士が彼を当地に引きとめずにはおかなかった。彼は通った。そして行き帰り、店に寄った。

その日はキクノに代わって店に出ていた。乗用車から降りて颯爽と店に向かってくる男に目が留まり、キクノの話の、高岡正也、と直感した。彼は店の前に立ち、こちらに軽く頭を下げると、馴れた手つきでザルのなかの茹で卵を一個取り、アイのいる休憩所に進み、浅く腰をかけ、そして言った。（いつもお母さんには親切にしていただいて……）――お母さん……。咄嗟に会釈をし、キクノの娘であると見做した彼に、幼馴染のような不思議な近しさを覚え、穏やかな言葉づかいの、どこか控えめな彼に心が動かされ、客への歓迎の言葉も忘れ、気づくと彼を意識しての顔が赤らみ、（母は外出しておりまして……）と熱っぽくなった身でようやく言った。

キクノの勧めはもとより、正也とは、猫が取り持つ縁で好みの男性に巡り会えた幸せを感謝し、結婚した。キクノとの二人だけの家族が、正也を交えた三人になった。彼はアイのいるこの家から乗用車で一時間かけて、仕事先の東京へ向かう。ある日正也に、隠し通すには勇気のいる、気の重い話を切り出した。

「父のこと、母から聞きました？」

「聞いた。今この町にはおられないのだろう」

いつ帰るとも知れない夫のために、上座を空けて待つキクノの切ないまでの愛に、胸が痛んだ、と正也は静かに言った。

普段のキクノはとくに明るくはないが、暗くもない。常時和やかな雰囲気を保っている。

そのようなキクノに、父に関する話は辛い当時を蒸し返すようで、できない。

やがてキクノにとっての孫が産まれた。正也に似た男の子、實だった。キクノは實を一時も離さないほど可愛がった。同じように、アイも可愛がった。キクノが實にミルクを飲ませていると、アイがやってきて、その哺乳瓶に手をかける。（自分もほしい）と嫉妬するそのアイの姿を見ては、キクノはたまらなくいとおしく、哺乳瓶の中のミルクをアイの深皿に絞り、与える。深皿のミルクはあっという間になくなる。アイは再び實の吸う哺乳瓶に手を掛ける。（困った仔ねえ。嫉妬はおかしいわよ）キクノは實を背に括り付け、アイのためのミルクを温めに立つ。

實が乳離れをし、家族の者と同じ食卓をかこむようになると、實への、アイの嫉妬はなくなるようであった。キクノが与える大皿の粥やミルク、あるいは味噌汁のかかったご飯などをゆっくり落ち着いて食べる。どうやらアイは、キクノの膝の上を、自分専用の場所と思っているらしい。

アイが次に仔を産んだのは、二年後だった。わずか二匹だった。最後の出産かもしれなかった。血を纏って産まれてきた仔はいなかったが、それぞれ、時間がかかった。難産に違いなかった。それでも二匹は、育っていった。そんなある日、アイが姿を消した。仔が、乳ほしさに、アイを探して騒ぎ立て、家の中をよたよた歩き廻って落ち着かない。中でも特に大きな声で鳴く仔をキクノは抱き上げ、家の中から、そして周辺から、細かくアイを探して廻った。しかしアイはいない。折りも折、老婆が姿を見せた。

「店を留守にして何しておる」

事情を知って老婆も、アイを探した。老婆は足に纏わりついて離れない仔を抱きかかえ、家の内から外から、丁寧に探した。

「猫はな。家に住みつくというから、家のどこかにおるんよ。多分死んでおるな。仔をたくさん産んで疲れたのやろう……」

――死んでいる。

乳離れのしない二匹の仔を残して、アイは、どこかで、老いによる疲れで死んだ……。老婆は、抱きかかえた仔を、連れて帰った。キクノが抱き上げた大きな声で鳴く仔が、家に残った。残った仔は母親のアイにはぐくまれた上座の席から離れようとしない。日当たりのよい店の休憩所に連れ出しても、まるで親のアイに導かれるかのように、よたよた歩いて、上座へ戻ってしまう。キクノは仔を抱き上げ、不用となった哺乳瓶で、ミルクを与えた。母親の乳房を揉みながら乳を吸う仔が、哺乳瓶を揉みながらミルクを吸う。（親譲りのきれいな目の、真っ白いアイになってね。そしてたくさんの仔を産んでね）母の言葉が伝わったのか、仔は哺乳瓶のミルクを勢いよく吸った。

ある日、帰宅した正也が、姿の見えないキクノに気づき、（お母さんは）と着替えをしながら言った。キクノはその日、いつもの、午後六時半開演の、終演がおよそ八時半過ぎになる公演のものではなく、従って近くに宿はとらず、公演が午後一時半開演の能楽堂へ行っていた。

「そうか。その時刻になったら駅まで迎えにいくか。帰ったら夕食だな」

「母にとってはせめてもの気晴らしね。拭おうとしても拭いきれない父への拘りをかかえているに違いないのだから……」

「許せないのに、愛しているから、上座を空けて待っているのだろう。切ないね」

「あなたは、父の真似をしないでくださいね」

「僕はしないよ。どんな事情があろうと目と鼻の先で別の女と暮らすようなことはしない。それは人の心を弄ぶことだ。人として許せない」

「上座を空けて待っているという母の気持ち、本当はどうなのかしら。父を許しているからかしら。許しているとは思えないけど……」

「愛と憎しみと悲しみとが、ひしひしと伝わってきて、生の人間の鼓動を感ずるよ」

「父などいなくなってしまえばいいわ。でもどこかにいる。母を苦しめるだけ苦しめてどこかで幸せに生きているんだわ。許せない。考えただけでこちらまでどうかなってしまいそう……。でもどうして、そんな父を持つ娘を妻にしようと思ったんですか」

「お母さんのお人柄に惹かれたのかな」

切りのない話に切りをつけ、迎えに出た駅で、正也はキクノを見つけた。

「今度、公演が遅い時間のときは、八時半過ぎの終演に合わせてお迎えに行きますよ。仕事が終わって能楽堂へ廻ればいいんですから……。一人で宿をとるのは寂しいものです」

家の食卓にはキクノの好きな根菜類の煮物に加えて、老舗の寿司が用意されていた。三人は早速、いつもとは違う明るい雰囲気の夕食に預かった。笑みを絶やすことのないキクノが、自分の好みの能についての話をし始めた。

ひと口に鬼といっても、神に近いものから妖怪変化や怨霊のたぐいのものまであり、腕を切り落とされていながら、虚空へ逃れて殺されずにいる鬼や、高貴な美女に変身して武将を誘惑するが、逆に攻め殺されたりする鬼もいる。神と人間、男と女、狂と鬼など深い心の世界を描いた演目には惹かれて止まないものがある。鬼の優美さに魅せられて、本来なら憎むべき鬼でありながら憎めず、その鬼の正体は何であるのかと、鬼に興味を持ち、惹かれて見入るのである。

鬼に惹かれて見入るというその鬼の正体は何であるのか……。母、キクノは、心の深い所に住まわせているに違いない鬼を、殺しても殺し切れない憎い鬼を、舞台上の鬼に重ねて見ているのではないか。舞台上の鬼に重ねて……。

三人での食事が終わって、床に就いた。

――鬼でありながら憎めない鬼。憎むべきは人の心を弄ぶ者。母の胸の内を考えると込み上げる父への怒りを抑えることができない。家族を苦しめる父など、ほしくない。ああ。どこかにいる父よ、消えてほしい。

正也は隣で眠っている。その寝顔に安らぎを求めようとして無理にも瞼を閉じる。閉じた瞼の奥が暗い。そこに見えているのは闇の夜だった。裏庭へ通じる小道の入り口で長い年月、風雪に耐えてきた槇《まき》の木。一抱えもあるその槇の木が視界をさえぎり瞼の奥を闇にしている。その槇の木のやや後ろに、石造の古い祠がある。その中の、ぼんやり見える二つの黒い影。向き合う二匹の狐。この二匹の狐はこれまで何を見てきたか。一抱えもある槇の木は何を見てきたか。深夜に帰宅する男の姿か。下校する昼の子供の姿か。闇を見つめる目に鋭い一筋の光が走った。槇の木に寄り添う白い着物の女が闇に浮かび上がった。鋭い一筋の光はその女の持つ刃物だった。女は着物の裾を引き摺り、槇の木の前に出、あるいは陰に廻り、焦がれる男の帰りを待っている。女の持つ刃物が男を待っている。やがて足音が近づき、男が槇の木のかたわらに姿を現した。女の持つ刃物が男に降りかかった。逃げまどう男の足許を女の白い着物の長い裾が巻きつく。夜叉と化した女の刃物が男の胸で光った……。瞬間夜叉の薄笑いが光に浮かんだ。夜叉は、夫への恨みを晴らそうとする母親、キクノに成り代わった娘の姿であった。ああ。

「どうした」

体を揺すられて、正気に戻った瞳に正也が映った。

「夜叉に姿を変えて……。父を恨みに思っているに違いない母の胸の内を考えると、あまりにも母が哀れで、父を許しておくことができず、母、キクノに成り代わって、父に刃を向けていたのです」

「そうか。やっぱり母親思いの娘だね。成り代わって敵を討とうとは……。夜明けまではまだ間がある。ゆっくり眠るといい」

瞼の奥から夜叉が出ていかないまま、日が過ぎて行き、季節が巡った。

週末のある早朝、明け切らない星空の下、正也は家族を乗せた乗用車を山梨方面へ向けて走らせた。どこよりも雄大な富士を見たいというキクノの願いを叶えるための、本栖湖村行きであった。富士には至近距離の本栖湖村でさえ、雲のかからない富士を捉えるのは晴天の日の昼前、といってよさそうだった。天気の続くこの朝、正也はキクノに雲のかからない富士を見せるという自信のもとに、早朝の出発となった。キクノは、車中での菓子や果物を袋につめた。そして留守にするアイのための、するめや魚の干物など、乾物をアイの大皿に用意した。いつもとは違う餌に、アイは何事かを敏感に感じとったのか、キクノの足首に絡みつき、泣き声を立てるなどして、離れない。そんなアイを、なだめすかし、車に乗り込んだ。ドアの外で鳴き立てるアイの声が、走り出した車の後部座席へ、追う。

途中休憩をとるなどして本栖湖村へ着いたのは十時を廻った頃であった。標高およそ千メートルの湖には遊覧船が浮かんでいた。（あれに乗りたい）實が指をさした。（富士山を見てからだ……）正也が言った。（今乗りたいんだ）實はゆずらない。（もう四歳だろう。聞き分けがなくてどうする）正也の強い一言で實は黙ったが、（約束だよ）と大きな声で正也に言い返した。

本栖湖村から富士宮方面へ、左側の車窓に雄大な富士をいただき、しばらく行ったところで、高原の放牧場への狭い道を、雄大な富士を正面にして、走った。實が、(すごい富士山だ)と声を張り上げた。正也はさらに高原を走り、富士を目の前にした見晴らしのよい広場で、乗用車を止めた。

一同このときを待って車から降りた。富士の頂上まで最短距離にして十キロという近さの目の前の富士は、真っ青な空に頂上を聳え立たせ、早春の平野に裾を長く引いていた。これまで目にしたことのない雄大な富士を前にして感激のあまり誰も何も言わない。キクノが合掌をした。みなキクノにならった。やがて敷物を広げただけの高原のお座敷に、昼食までの一時凌ぎのパンや果物を並べた。實が立ち上がって辺りを見廻し、(あんなところにいた)と言った。實は、放牧場と聞いて牛を探していたのだ。

「この雄大な富士を見たくて、この村の住人になりたいと思ったことがあったのです。実現しないまま、今にきてしまいました。でも、今日のこの感激は、旅人だからこそ、味わえたのです。毎日見ていては、この胸のときめきはあり得ません。贅沢な時間のなかに身を置かせていただいて、ありがたいことです」

キクノの視線が正也に届いていた。

「また来ましょう。雪を被った白い雄大な富士を見に……」

真っ青な空に雲が湧いた。富士が日陰った。春といってもまだ浅く風が冷たい。あっという間の富士鑑賞であったが、悠久の時を越えて美しく聳える富士を後に、途中山中湖へ寄り、郷土の味を主にした和食に舌鼓を打ち、帰路に就いた。キクノは、遠ざかる車窓の富士を右に左に振り返っては見、（冷たい風に寒いだろう。一緒に連れて帰って、毛布に包んで温めてやりたい……）冷えこむ夜のなかに富士を置いて帰るには忍びないと、誰にともなく言い、小さくなっていく富士を追った。

本栖湖村の富士を見て帰ってから、キクノは我が家の二階の窓に映る富士を朝に夕に見るようになった。二階の窓に映るちんまりとした富士は、一緒に連れて帰って毛布に包んで温めてやりたい、と言った本栖湖村で見たあの雄大な富士、そのものに違いなかった。キクノは、毛布を掛けたその富士を窓に映し、幸せを味わっていた。

そんなある晩、消えることのなかった胸の底の、思い出すも恐ろしい白い着物の夜叉が、槙の木の暗がりの祠の狐を伴って瞼の裏に現れた。――夜叉よ。至らぬ我が身を掬っておくれ。夜叉よ、掬っておくれ――。目覚めを待って、夜叉が連れてくる祠の狐に供え物をすることにした。供え物は、槙の木の傍らの黒い影に刃を向けたという恐ろしさに震える自分自身への、心を和ませるためのものであった。

向き合う二匹の狐の前に稲荷ずしを供え、祀った。毎朝供え、手を合わせているうちに夜叉に変化が起きた。人を喰う猛悪な鬼神、夜叉が、周囲を包み込むようなやさしさの備わった守り神に変身していた。薄暗闇のなかで瞳を異様に光らせる石造りの狐の不気味さもなくなっていた。柔和な面立ちの白い着物の夜叉に能舞台の風雅を尽くした鬼神を見るような思いで、親しみさえ感ずるようになった。

気分のよい日を送っていたある日、朝起きてこないキクノに気づいた。働き者のキクノが朝起きてこない。起床ができないほどの疲れであった。体が動かない……。重篤な病気が脳裏をよぎった。正也の脳裏にも、よぎっていた。——本栖湖村行きの疲れ、そんなものではない。正也は、救急車にキクノを乗せ、家族が付添う夜間に、勤め先の病院へ向かった。間違いであってほしい。キクノには長生きしてもらわなければならない。（もう少しで病院ですからね。もう少しですよ）キクノの耳元で正也が励ます。周囲の状況から病状を感じ取った實が（死んじゃいやだよ。死なないでよ）としゃくりあげて泣いた。そんな實に言った。（死なないのよ。検査を受けたら元気で家に帰って来るの……）（ほんとに元気で帰ってくるんだね。検査を受けたら帰ってくるんだね……）實の涙が止まらない。（長生きしなければだめよ、お母さん。長生きするのよ）励ましているつもりの自分の声が震えていた。

　キクノの病気は、肝臓で作られた胆汁を十二指腸まで送り出すという働きを持つ肝臓内の胆管にできた癌で、進行するまで症状が現れず、死亡率が高いといわれている（肝内胆管癌）であった。――肝内胆管癌……。早期診断が難しく、発見されたときは高度進行癌であることが多く、手術不可能な場合が少なくない病気、肝内胆管癌。母、キクノが検診を受けていないはずはない。腹部超音波検査、血液検査など、もろもろの検査を受けているはずだ。だが病気を見つけることができなかった。キクノはだれよりも長生きをしたいと思っているに違いないのだ。そのキクノが検診を怠るはずはない。脂肪分の摂り過ぎもない。肥満もない。鮮魚を好んで食す。酒も飲まない。病状がここまで進行するには普段とは違う何かを感じ取っていなかったか。普段とは違う何かを。しかし、母、キクノはそれを感じ取っていなかった。今の今までそのような病気を発症していることにキクノ自身、気づいていなかった。普段元気なだけに疲れを病気に結び付けることはなかった。肝内胆管癌という病気は、進行するまで症状が現れないのか……。正也の絞り出すような声が更なる涙を誘った。（肝臓は消化器科の病気だ。得意の分野ではないが、医者である自分がついていながらキクノの病気に気づかなかったとは何という失態か。どうあってもキクノ

には生きてもらわなければならない。手術の成功を祈るばかりだ)

すべての検査を済ませ、病室に戻ったキクノに、正也は静かに語りかけた。

「お母さんには長生きをしてほしいのです。誰もがそう思っているのです。そうでなければ世間は納得しません。どうあっても生きてください。初めてお会いしたときのお母さんは、運転の退屈凌ぎにと、茹で卵やミカンなどをくださいました。単なる店の客とはいえ、そこまで気遣う人は滅多にいるものではありません。僕はそれに甘んじて、お母さんの家にきました。退院できるまでついていますから。離れませんからね。生きるのですよ……」

キクノが笑顔で頷いた。

四日後の朝、キクノは手術室へ運ばれた。腹部を開いたものの、手の施しようもなく、そのまま閉じられた。キクノは、手術に費やした時間の短さから何事かを感じ取ったのだろう、病名を聞いてはこなかった。(厄介な病気に罹ってしまって、世話をかけるわね)穏やかな表情でこちらを見てそれだけ言った。嗚咽が込み上げてきて、平静を保つには辛く、とっさにドアの外へ出た。通路の椅子に正也が座っていた。正也は、病室に入ることができないでいた。

その数日後、キクノの意識が浅くなった。

「僕ですよ、お母さん。わかりますか。正也です。雪を被った真っ白い富士山を見にいくのでしょう。あの雄大な富士さんを。駄目ですよ、諦めては駄目ですよ。生きるのですよ。能舞台を観に行きましょう。能装束を身に纏った美しい舞台を……」

キクノの唇がわずかに動いた。正也の声がキクノには聞えていた。

キクノに下顎呼吸が見られるようになった。下顎呼吸は、体内の酸素不足を補おうとするための下顎を大きく動かしての呼吸である。

やがて呼吸が止まり、心臓が止まった。

キクノは、家族が号泣する中で、惜しまれながら、逝った。


「いつまで店を閉めておるん。いい加減に開けんか」

縁側に座ってぼんやり庭を見ていると、老婆が裏庭へ通じる小道を通ってやってきた。

「何も食うてはおらんのやろう。今度はあんたがしっかりせなあかんな。キクノさんのようなわけにはいかんやろうが……」

老婆は寿司の折を持っていた。縁側から部屋を通って台所へ行き、茶を煎れてきた。

キクノがいなくなって、冷え冷えとした家のなかでただ一人まめに体を動かしているのは、毎日やってきては庭や家の中の掃除をしたり、台所へ廻って料理を作ったりする老婆だった。すべてを老婆に任せてはおけず、自らを奮い立たせるようにして店を開けたものの、客足は少なく、何をする気にもなれず、キクノの突然の死から抜け出せないまま空虚な日々を送っていた。そんなある日老婆が驚きの黄色い声を上げた。

「アイの仔が産まれておるで……」

産まれたばかりの数匹の赤い仔が身を寄せ合って押入れの隅にいた。拠り所を失ってぼんやりしている間にあのときの、母親のアイを探して泣きながらよたよた部屋のなかを歩き廻っていた仔が、いつの間にか大仕事を成し遂げていた。毛布を敷いた段ボール箱を急遽、部屋のあちらこちらに備えた。仔の成育に従ってアイが場所を変えていくための箱で、アイは仔らを連れて好きな段ボール箱へ移る。三度目の引っ越しでアイは、母親のアイがしていたと同じように居間の上座に戻ってきた。

たちまち家の中に活気が甦った。店の客足も伸びた。アイの仔は育っていた。しかしまだ、乳離れには至っていない。横たわったアイの腹の乳房を仔らは一心に吸う。(丈夫に育ってね)驚かせてはならず、すぐ近くに顔を寄せたりはせず、ある距離から、やさしく静かに言う。正也も、活気づいた家のなかで、煩瑣な仕事の合間にやってきては仔らを見、（早く大きくなれよ）などと静かに語りかける。老婆も、まるで家族の一員でもあるかのように、庭の草取り、店の前の通りの掃除、あるいは店番と、力を惜しまず働いた。

その日も、同じように居間で帳簿に目を通しながら、アイの乳を吸っている上座の仔らを見るともなく見ていると、いつになく怖い顔の老婆が、店の掃除の手を休め、こちらをじっと見て、声を潜めて言った。

「老人が店の前でうろうろしておるで」

粗末な身なりの、痩せて小さな老人が、店の前を行ったり来たりして家のなかを覗いているという。

商品のケースを通して通りを見た。確かに身なりの粗末な老人が家のなかを窺うように見ている。突然ペンを持つ手が震えた。呼吸が乱れた。その老人は店の客ではない。

老婆が老人に声を掛けた。（なにを差し上げますか）

「わしは、客ではない。この家の主《あるじ》や。事情があって家を離れておった」

――主……。

老婆は、この家の主だという老人をそこに残し、目を丸くして居間へ戻り、唇を震わせた。(この家の主だて……)そして老婆は、何事かを感じ取ったのだろう唇を固く結び荒々しい表情で正也の部屋へ行き、仕事中の正也に、事の成り行きを告げた。

「主と言っているのなら、お通ししなければならないだろう。丁重に」

――丁重に……。

その気になれない老婆は、居間へ戻り、横たわったアイの乳を吸う仔らを見ているばかりであった。

老人が店のなかを通って、居間の上り口にやってきた。老人は、キクノの夫、恭三であった。家族の者の心をもてあそんだ許すことのできない父親、恭三。

「母はおりません。どうぞそこへ……」

上り口に近い唯一空いている席に恭三を案内した。

恭三はその席をちらと見、不満気な顔で何かブツブツ言いながら、奥まった上座へ行き、そこへ座ろうとして、仔らに乳を飲ませているアイを、除けとばかりに蹴った。乳房に縋り付いて乳を吸っていた仔らが辺りへほうり出された。アイは大きく開けた真っ赤な口で唸り声を上げ、恭三に襲いかかった。仰向きに倒れた恭三にアイはおおいかぶさり、指をいっぱいに広げた手で恭三の顔に爪を立てた。

「痛い痛い。この猫を何とかせえ」

「キクノさんの怨念や。ここにはあんたの居場所はない」

老婆の唇がわなわなと震えていた。

正也が駆けつけてきた。

アイは大きく開いた真っ赤な口で唸り声を上げたまま血の流れる恭三の頬から、爪を立てた手を離そうとしない。

突然の恐ろしい光景を、みなはらはらしながら見ているばかりで、誰も手を出すことができない。

一瞬の出来事だった。

「すぐに傷の手当てをさせますから……」

正也が恭三にそう言って部屋へ戻った。

アイは仔を上座に戻した。

血の流れる恭三の頬の傷に、薬を塗り、ガーゼを当てた。

アイは家のなかで恭三を見ると、大きく開いた真っ赤な口で襲いかからんばかりに唸り声を上げる。恭三は、アイを交えた家族の者と一緒に食卓を囲むこともできず、戻って来た家の中で、ただ一人、別の場所で食事をとった。
孤立した状態の恭三を見るに見兼ね、老人施設への入居を勧めたのは正也だった。
その日、恭三は、正也に送られて、施設へ向かった。

蜜柑

甘酸っぱい蜜柑の香りが口中いっぱいに広がり瞼の向こうに祖母が浮かび上がる。酸味の備わった祖母の自慢の、蜜柑の中の蜜柑。使用人のサクタの助けを借り、誇りを持って蜜柑栽培に徹する祖母。そのいとおしい蜜柑の中の蜜柑を祖母は箱に詰め、知人縁者に送る。舞い込む何通もの礼状に祖母は大きな幸せを味わう。しかしそうでないものにあると き出会い、衝撃を受けた。——酸っぱくてそのままでは頂けないのでジュースにして砂糖を加えました——。砂糖。それを境に祖母はすべての人に贈るのを止めた。——酸っぱくてとは大袈裟な。甘いだけの蜜柑は蜜柑の中の蜜柑ではない。祖母は泣いている。

先の見えない蜜柑農家の暮らしの中で祖母と二人歯を食い縛った。民族の移動でもあるかのように地方の若者が都会へ都会へと向かう世相の中で、旧習を守り続ける暗くて狭いこの町の若者も蜜柑栽培を棄て、都会へ出ていった。残るは蜜柑農家を守る主とその妻辺りか。自分も暗く淀んだこの町にいたたまれず、サクタの猛反対を押し切り、場合によっては資産をサクタに譲り渡すことも考慮の内に置き、祖母への連絡を密にし、彼に祖母を預け、ふるさとを後にした。そしてほぼ数年。

健康への気遣いを惜しまない祖母からの手紙が近頃こない。夢に見るのはあの時の、衝撃を受けた礼状に何を感じ取ったか黙りこくった祖母の顔。会いたいのは八十路を過ぎてなお蜜柑栽培に取り組んでいる恋しい祖母。そして酸味の備わった祖母の自慢の、蜜柑の中の蜜柑。手助けをすることもなかった蜜柑栽培に参加したいという思いが日増しに募り、いつのまにかふるさとへ足を向けていた。

罪深い胸の内を押し殺し、町の中心を抜け、あたかも灰色と化した人影のない家並みの中を、祖母と暮らした家に、一歩、また一歩、近づいていく。家は、ひび割れた塀も、庭も池も、老木となって痩せた栴檀《せんだん》の木もすべて息を潜めたかのように静まり返っていた。敷石を踏んで、玄関の前に立つ。覚えのあるドアに手を掛け、わずかに引いた。ドアは開いた。広間のテーブルの上には手伝いのハナによって常時置かれていた籠の蜜柑がない。ハナは箒を売りにやって来てそのまま祖母に雇われ、おもに台所を受け持つ使用人になった。酸味のある蜜柑こそが蜜柑の中の蜜柑であるとハナは言い、好んで味わっていた。テーブルの上に置いておかないことはなかった。その籠の蜜柑がない。

茶托に載った湯飲み茶碗から湯気か立っている。祖母は健在だ。茶の途中でどこへ立ったのか。このすさんだ家のどこに祖母はいるのか。一階の奥の、謡の間へ行ってみる。十人ほどの師匠クラスの人たちで華やいでいたそこにはかつての厳粛な雰囲気はなく、淀んだ空気が部屋を支配していた。月に一度の謡は祖母にとって生き甲斐に違いなかった。今、そこに祖母はいない。

二階への階段を上がる。二十五歳で別れを告げた懐かしい我が部屋。カーテンを閉めて出ていったあのときのまま、ベッドもソファーも何も変わっていない。地面いっぱいに散った細かい花を幼い手で掬い、振りまいては遊んでいた栴檀の木を窓から見る気にもなれない。庭へ下りてみる。祖母はどこにいるのか。おや。池の向こうに人がいる。急ぎ、近寄っていった。

そこにいたのは草取りをしている五十がらみのサクタであった。彼は眉間に皺を寄せ、家を捨てて出ていった不孝者が、と言っているような眼差しを向け、土のついた手を払い、家に入って行った。やがて、孫娘に当てたという祖母の遺書を手にして戻って来た。

――遺書。祖母は死んだのか……。（耕作地、蜜柑の木、共に他人に渡るようなことをしてはならない。我が家の蜜柑を育ててほしい）和紙に刻まれた墨の滲む祖母の遺書であった。あの子は酸味のある我が家の蜜柑が忘れられないに違いない。必ず戻って来る。それまで、我が家の蜜柑を守ってほしい。祖母は、孫娘への遺書と同じことをサクタに言い置いて、半年前に逝った。

「どうして知らせてくれなかったのですか」

無理に呼び寄せるようなことをしてはあの子の人生を狂わせ兼ねない。戻ってきたとき、温かく迎えてやってほしい。あの子は必ず戻ってくる。必ず……。

町の中でも中心から隔たった祖母の家のある一帯は、蜜柑栽培には僅かながら日照時間の足りない地であった。大振りな実をつけても実は日光の足りない分を補おうとしていつまでも天を仰ぎ、若いままでいる。充分に日の光りを受けた実こそが、成熟してこうべを垂れる。酸味を有する商売にはなり得ない蜜柑であっても、先祖から受け継いだ蜜柑山を人手に渡すということは、家の没落を意味し、手放す者はただの一人もいない。山の蜜柑は今が収穫時。立派な木になって大振りな実をつけていることだろう。甘酸っぱい祖母の自慢の温州蜜柑。どれほど会いたかったことか。

サクタの後から山道を登る。途中彼は何も言わない。うつむき加減に歩いている。山の蜜柑畑の中で最も家に近いところは、鬱蒼とした森を抜けた先にある。そこまで行って、蜜柑の木がぼんやりと見える辺りに立ったとき、オレンジ色がちらちらと目に入った。

「おお。祖母の蜜柑。ついにやってきた」

感激の声が出た。これからはサクタと一緒にこの山の、祖母の蜜柑の中の蜜柑を作る。サクタは相変わらず何も言わない。はっきり蜜柑の木の見える辺りまでいって突然足が止まった。オレンジ色は木の下の地面いっぱいに散らかった蜜柑だった。これは一体どういうことか。サクタをじっと見た。

「落としたのですよ。実を。全部」

「全部？　捨てたということ？」

祖母の自慢の蜜柑が捨てられていた。家に運ばれていれば籠に入れられ、広間のテーブルを飾っているはずの蜜柑が……。拾い上げようとして地面に手を伸ばし、一個、つかんだ。蜜柑は手の中で、形を崩してつぶれた。オレンジ色の汁だけが握った指の間から流れた。蜜柑は手に取ることもできないほど地面で腐っていた。臭気が辺りに漂う中で木の緑が艶々としている。

「甘くて柔らかい蜜柑が出回るようになっては酸味のある蜜柑は人が喜ばないのですよ。以前は酸味のある蜜柑が蜜柑の中の蜜柑だったんですがね」

実を生らせておいては木も弱るし蜜柑も萎びて落ちる。ゆくゆくは倒す運命の木であると……。サクタは蜜柑栽培に終止符を打ちたい様子である。

「倒すの？　倒して裸の耕作地をどうするの？」

彼からの返事はない。耕作地、蜜柑の木、共に孫娘に残してほしいという祖母の遺書をサクタはどのように考えてのことか。祖母はサクタにも孫娘への遺書と同じことを言い残して死んでいる。孫娘への祖母の遺書、そしてサクタへの祖母の伝言は他人であるサクタには関わりないいか。家を空けていた血筋の者の発言は通らないいか。木は倒してほしくない。

「商売にならない蜜柑の木をこのままにして置いてもどうにもなりませんよ。皮が厚くてしっかりしているということで輸出に向けられていたが近頃では組合も引き取らない」

サクタは木を倒すと言って譲らない。これまで我が家の蜜柑畑を守ってきてくれたサクタに感謝こそすれ、侘しい。ふるさとが消える。消えるだろうことを予想して街へ出て行っていながら実際に消えるとなるとたとえ因習の町であろうと何であろうと消さずにおく方法はないものかと、矛盾した考えが脳裏をよぎり、責任の一端はふるさとを捨てた自分にあるという呵責の念にとらわれ、蜜柑の木の一本としてない蜜柑農家の裸の山に、艶々とした葉の繁る蜜柑畑の光景を、捨てられた足許の腐った蜜柑に重ねる。

サクタが掘った耕作地の隅の穴へ、地面で腐った蜜柑をスコップで掬いあげ、落としていく。掬っては落とし、掬っては落とす。このような悲しい仕事をするために戻って来たのではない。甘酸っぱい祖母の蜜柑に会いたいばかりに戻って来た。しかし、目の前の現実を乗り越えなければ祖母の蜜柑に会うことはできない。掬っては落とす。弾かれた者のようにこの町を出て行ったかつての友人の声が甦る。

——明治を、いや江戸の時代をそのまま今に引き摺っているようなそしてそれがいつまで続くか予想もつかないこの保守主義とも思える町が好きになれない。親の遺産も子供たちに分割することもなく当然のように長子一人に譲渡され、弾かれた者もこれまた当然のように意見も述べず黙って引き下がり、親に見捨てられた子のように他の場所を求めて生きていく。大都会にさして遠くもない進歩性に乏しいこの土地の不思議が理解できず、別世界を感じて息苦しい。開けた広い土地へ行って絵の勉強をしたい。君はこの土地の蜜柑農家のオバサンになるのだね——。

——オバサン。まだオバサンには達しない年の若さが怒りを覚えさせた。しかし今、昔ながらの懐かしい酸味のある祖母の蜜柑を目指して生産すべく、オバサンになる。腐った蜜柑の始末、容易に終わらない。スコップを持つ手にまめができる。取り組んでいるうちに腐臭にも慣れ、緑の葉の間でオレンジ色に輝いている大振りの蜜柑の、日光を欲して天を仰ぐ光景がスコップの中の辛うじて形を保っている蜜柑の上に浮かび上がり、いつかきっと、日の目を見る時が来る。強い思いで、腐った蜜柑を穴に埋める。

「多少でも甘味の加わった蜜柑が生産できれば考えないこともないが、これまで通りの蜜柑では手を尽くしても無駄ですよ」

どこまでも言い張るサクタであるが、彼が取り組んできたこれまで通りの、農薬、肥料の投入量、散布回数など、多くの生産者が実施している方法で栽培することになった。

「作りましょう。祖母の蜜柑の中の蜜柑を。そこには新たな発見があるかもしれないではありませんか」

こちらの強い主張に彼が屈したということであった。サクタの心からの協力がない限り、蜜柑栽培は不可能に等しい。素人の自分に何ほどのことができようか。虫がついても葉が枯れても立ち直らせる術も知らない。どうあってもサクタの協力が必要だ。彼がこちらを向くか否かはすべて自分にかかっている。このような難関が待ち受けているとは思いもよらなかった。

我が蜜柑農家の蜜柑の収入はゼロ。以前には存在していなかった屋敷内の数軒の家作、祖母の方針による若者だけを入居させる一棟のアパート。それが収入のすべてであった。

まだ母が健在であった子供の頃、手伝いのハナに尋ねたことがあった。（うちは誰も働いていないのにどうして暮らしていけるの……）（天まで届く金の生る木があるんですよ……）子供がそのようなことを聞くものではないと叱られた。祖母は行く末を案じ、（家が潰れませんように）と神仏に手を合わせていた。今、家屋を囲むひび割れた塀を建て直す余裕もない。

蜜柑農家の蜜柑が商品にならないとあっては生きる術がない。木から落とされた蜜柑はどうにもならない。しかし次回からは落とすわけにはいかない。商品にしなくてはならない。ここは温暖な地。諦めることはない。きっとできる。眠れない夜が続く。ふるさとを捨てて出ていったあの友人の姿が夢うつつの中に現れる。――この町は素晴らしいですよ。古くは幹線道路に沿った町であったことから栄えた町という誇りを重視してのことか、あるいは他に理由があってか、近隣の市町村とも合併せず、この小さな町を守り続けてきて……。そのような社交辞令を残しつつこの町を後にした彼。

この地は素晴らしい。温暖な地でなければ育たない蜜柑がある。甘さだけではなくほどよい酸味の加わった祖母の蜜柑の中の蜜柑が。やがて、祖母の蜜柑の時代が訪れる。人々の甘いだけの蜜柑に飽きがきて。それまで、サクタと一緒に祖母の蜜柑栽培を保持しつつ、適度な甘さの蜜柑を作る。

ある日、屋敷内を途方に暮れて歩いていた。

「何かお探しですか」

声をかけたのはアパートの若者だった。そうだ自分は何かを探している。適度な甘さを備えた蜜柑を栽培するためのヒントを……。

「天まで届く金の生る木を探しているのです」

若者は笑って去っていった。

屋敷内を歩く日が続いた。そんなある日、再び例の若者に出会った。

「種を撒きましたか。天まで届く金の生る木の種を……」

若者はこの日も笑って去っていった。

種。種を撒く。その種はどこにあるのか。天まで届く金の生る木の種は……。

屋敷内を出て蜜柑畑へ向かった。こんもりとしたどこにでもある形の蜜柑の木が、濃い緑の葉を繁らせている。種。種はどこにある。天気のよい日、蜜柑の木の下で弁当を使った。食後、繁る葉を天井に見て、体を横たえた。顔にちらちらと日が当たる。蜜柑になった気分である。顔を左右に動かした。葉が邪魔をして顔全体に日が当たらない。ふと葉の隙間から赤い実の付いた柿の木が見えた。畑の隅の渋柿。どのくらい生きてきたのか天まで届く金の生る、いや、柿の実の生る木。ハナを思い出す。彼女の頭の中には天まで届く柿の木があったのではないか。見事に実をつけた柿、柿の実はそれぞれが思うままに日を受けている。これが蜜柑であったなら、と羨望の眼差しで梢の柿の実に見入る。天まで届く柿の木。梢で日を受けている柿の実。種。種。種。――あった。種があったのだ。実行してみる価値はありそうだ。

急ぎ家に戻った。広間で食後の茶を啜っているサクタに蜜柑の樹形の変更を提案した。木の背丈を伸ばす。枝を左右に広げ過ぎない。地に近い下の枝は切り落とす。それらは柿の木の梢から受けた日照を考慮してのことであった。サクタは笑った。

「体裁の悪い木にすることはできないね」

「体裁？」

蜜柑農家の蜜柑の木が一風かわった樹形では体裁が悪いか。体裁より実を甘くすることのほうが大事なはず。

「やってみましょう。駄目ならまた考え直せばよいではありませんか」

「素人は強いね」

サクタが薄笑いを浮かべた。

剪定の時期は三月から五月。時間は充分にある。それまでサクタが樹形の変更に納得するか、あるいは二人の間に別の案が持ち上がるか、予想もつかない。蜜柑の木の樹形に決まりはなく、果実の収穫、木の手入れなど、都合よく事が運べばそれが最良の樹形であり、脚立を使わなければ収穫ができないような樹形は避けるべきである。これが蜜柑栽培に長くたずさわったサクタの説だ。しかし、受け入れるには思いが残る。酸味のない甘くて柔らかい蜜柑を日照時間の少ないこの地で栽培しようとしてもそれは所詮叶わぬ夢。脚立を使っても、実の数が少なくても、手入れに時間が掛かっても、多少でも酸味が減少し甘味が加われば成功したことになりはしないか。山の蜜柑畑へ通う日が続く。木の下に立ち、目標とする樹形を脳裏に浮かべ、主幹は天に向けて伸ばし、枝には満遍なく日光を当て、混んだ葉は落とすなど、樹形の改造に胸を膨らませる。

剪定の季節がやって来た。天気のよい日、山の蜜柑畑を歩いた。葉は相変わらず青々と繁っている。樹形の変更の案は無視されたかサクタは話題を持ち出さない。学校の運動場ほどの広さの、数枚の畑の内の一枚を、イメージ通りの樹形にすべく、鋏、鋸、脚立等を持ち込み、下の枝に鋸を立てた。うまく引けない。なめらかに動かない。立ち止まって額の汗を手の甲で払った。

「交代しましょう」

背後で声がした。手袋をした手に大き目の鋸を持った穏やかな表情のサクタが立っていた。体裁の悪い木にすることはできないと言っていたサクタが鋸を手にして……。目頭が熱くなった。黙って後へ引いた。現し切れない感謝の気持ちと、ほっとした気分とで、鋸を手にしたまま気が抜けたように立っていた。サクタは慣れた手つきで下の枝を払った。混み合った葉も払った。次に上の枝の先を切り落とし、葉も同じように払った。その上の枝も。そしてその上の枝も。木は天に向かって伸びる樹形に、見事に改造された。あとは木が伸びるのをじっと待つだけだ。背丈を伸ばした木の先には甘い実が付く。

勘所を押さえたサクタの速やかな作業。これほど仕事のできる男だとは知らなかった。口数の少ないうだつの上がらない地味な男として見てきた。ふるさとを離れ、この町の近くへ越してきた彼は仕事を探していた。祖母に雇われ、我が家で働くようになった。雨の日は自室に籠り、一人で碁を打っていた。思い出すことと言えば、干し柿だ。山の蜜柑畑の隅の、あの柿。渋柿。長い竿の先に股木をつけ、枝ごと実を落とし、皮を剝き、縄に吊るす。吊るす手伝いをしたことがあった。サクタとの関わりはその程度だった。サクタは今年、干し柿を作らなかった。熟した柿の実は鳥の餌になった。

彼は次々に樹形の改造を行っていった。改造は容易に終わりそうもない。朝早くから仕事に取り組むサクタのために弁当を作った。ポットには彼の好みの濃い目の茶をいれた。甘いものを好む彼のために小豆を煮て羊羹を作った。サクタと一緒に山道を畑へ向かった。

「収穫が楽しみだ」

突然彼が言った。――収穫が楽しみ。信じられない思いで彼の顔を凝視した。樹形の改造に耳を貸そうとしないばかりか素人の案に薄ら笑いさえ浮かべたその彼が、自ら体裁の悪い樹形に改造しその収穫が楽しみだと言っている。たとえ酸味が抜けなくても、甘味の少ないままであっても、サクタの協力を得たという難関を突破した蜜柑とあれば、最高の出来栄えというほかはない。

摘花の季節が過ぎ、樹形の改造を施した木、そしてこれまでの祖母の木、すべての蜜柑の木の枝々に梅干しほどの青い実が付いた。近寄って爪を立てる。強い酸味が鼻を突いた。いくつかを残して摘まれてしまう多くの実。梅の場合は梅干しになるが、摘果された青い蜜柑は捨てられる。倒されず命をつないだ木に生った愛しい蜜柑とあればたとえ小さくても捨てる気にはなれない。爪を立てた小さな蜜柑が若々しい香りを辺りへ放っている。摘果する大きさになるまではまだ多少の間がある。利用方法はないものか。梅のように塩漬け……。

「薬だね」

サクタがおどけて言った。

「何の薬」

こちらもおどけて言い返した。

「心疾患予防の薬だ」

真面目に答えてほしい。

「ビタミンA。B群。C。E。他にミネラル類。ポリフェノール類。フラボノイド化合物、ヘスペリジン、などが多く含まれていて、このヘスペリジンというのは、青い蜜柑の白い筋の部分に多く、紫外線から実を守るための成分が血管を、特に毛細血管を強くして血流を改善する効果があると言われているんだ。それで小瓶に詰められて百パーセント果汁として売り出されているよ。蜜柑が特産の瀬戸内海の小さな町で育ったので、その程度のことは知っている。酸っぱいんだ」

おどけて聞く話ではなかった。

「血管を強くして、血流を改善？」

「花粉症対策にもなるとされているから島の人はみな知っているよ」

小瓶の果汁を食卓に置いて焼き魚に振りかけたり、薄めて飲み物にしたり、あるいは実のままを絞って使ったりと、利用法は他にも色々あるとサクタは言う。――百パーセント果汁。酸っぱい。――スダチ。カボス。レモン。ライム……。同じように酸っぱい。色のつく前の硬くて青い蜜柑。商品になること間違いない。希望が湧いてきた。スダチの場合はゴルフボールの大きさで販売されている。カボス、ライムは、スダチよりわずかに大きい。すると蜜柑の場合は？　ゴルフボール、いや、ライムだ。青い蜜柑はライムの大きさで売る、と決める。

梅干しほどの大きさの蜜柑がライムの大きさになるのはあっという間だ。俄かに気が急いた。まず、果汁にするか実のままで売り出すか。サクタとの間で、実のまま、に軍配があがった。蜜柑は日増しに大きくなる。卸す先は大手スーパーマーケットの産地直送売り場。狙いは、健康志向の老若男女。箱に入れるか袋に詰めるか。何個を包装の対象とするか。二十個入りの二キロから三キロを箱詰めにして捌けるとは思えない。珍しいものとして人はまず試験的に購入するだろう。ならば五個、あるいは十個。透かして見える袋に入れ、口を絞って結ぶ。中が見えることで買い手は安心感を抱く。体裁は二の次の飾らない包装での販売。商品に取りつけるラベルには、名称として青蜜柑。その他、使用方法、保存方法、効力、農薬不使用、生産者名、等を表記する。そうこうしているうちに実はライムほどの大きさになった。まずは、絞り汁の味をみる。酸っぱい。レモンの酸っぱさとは少し違う。ライムにほぼ等しいまろやかさがある。焼き魚、肉、天ぷら等に絞って、振りかけてみる。

「これは上々だ」

サクタが首を縦に振った。適期を迎えた青蜜柑をサクタと共に収穫し、五個入りと十個入りの袋詰めの二種類を作った。産地直送売り場での青蜜柑は、売り場関係者の応援にも拘わらず、客は振り向きもせず通り過ぎる。売り場に立って宣伝してみる。やはり、振り向かない。なぜ振り向かないのか。せめて振り向いてほしい。味は上々のはず。

「飽きないで待っていればそのうち売れるさ」

それが商いというものだ、とサクタは言う。売れない理由は何か。原因を探してそれを解決しない限り先へは進めない。答えが出ないまま朝が来る。季節商品であるだけに気が揉める。黄色くなる前の硬い青蜜柑のうちに売らなければならない。売り場へ通う日が続く。血管を鍛える青蜜柑の汁。青蜜柑。それとなく口ずさんだ。これだ。これがキーポイントだ。血管を鍛えるとあれば健康志向の老若男女が飛びつかないはずはない。早速ラベルを作り替えた。捌ける予感に胸が騒ぐ。前を通る客に思い切って声を掛けた。客が振り向き、手に取って袋の上から青蜜柑を握り、感触を確かめながらラベルの文字を読んでいく。納得したとみえて客は買った。

宣伝方法に効果があってか、売れ始めた。面白いほど売れていく。サクタは商品を運び込むのに忙しい。夢のようなその日その日の仕事が終わり、家に戻ったある日、サクタに尋ねた。

「売れる主な理由は何だと思います？」

「価格を抑えた農薬不使用の、実、そのものだからだろう」

「では売れなかったのは何が原因だったと思います？」

「なんだ、反省会か。宣伝不足、だろう。目にしない商品だから」

サクタは見抜いていたのだ。売れないことはないと。キーポイントに気づくのが遅かったと反省させられる。これほど真剣に考えたことはこれまでになかった。必死だった。天まで届く金の生る木の種はありましたか。アパートの若者の言葉が甦る。種を蒔けばこそ、芽が出、実が生る。緑茶を啜りながらうきうきした気分で呟く。

「気を引き締めて掛からなければならないのはこの後だろう。収穫した蜜柑は蜜柑農家として売らなくてはならない。たとえ酸っぱくても。青蜜柑は突然思いついた遊びだ。酸味のある蜜柑が青蜜柑のようなわけにはいかない。勝負はこれからだ」

サクタが叱咤激励する。

柔らかくて甘い蜜柑が晩秋の街に出廻った。山の樹形改造の蜜柑はどうなっているか。足早に山道を登る。辿り着いた畑の、葉の間から色づいた大振りの実が見える。収穫にはわずかに早い時期が来ていた。ときめく胸を押さえ、実に触れた。実は日光を浴び、甘味を蓄えているかのように見える。両手でおおった。何事かを語りかけているようで、いとおしい……。

やがてこんもりとした樹形の、祖母の蜜柑の木へ向かった。青蜜柑を摘んだあとに残した祖母の蜜柑の中の蜜柑が色づいている。やはり収穫にはまだ早い。引き取り手のない酸味のある蜜柑であっても、倒さず命をつないだ木に生った蜜柑とあれば、疎かにはできない。収穫した蜜柑は自分の責任の範囲でさばかなくてはならない。柔らかくて甘い蜜柑一色の中に、祖母の自慢の蜜柑といえども、酸味があるとあっては太刀打ちできず、割り込もうとは思わない。しかし、間を置かずして収穫せずには置けない。

大手スーパーマーケットの産地直送売り場に初めて立ったときの、小さな粒の青蜜柑に、人は振り向かなかった。しかし、ふと気づいたわずかな違いに人の目が釘付けになった。祖母の自慢の蜜柑に人の目を釘づけにさせるわずかな違い。それをどうすれば作り出せるか。考えあぐねていると、サクタが坂を登ってくるのが見えた。

「青蜜柑を購入した人たちからの礼状が何通も届いているよ」

礼状。今となっては平らかに思えるあの時の、怒りを覚えた祖母への礼状がよぎり、眉間に皺を寄せ、知らせにきたサクタの後から狭い山道を重い気分で下った。

広間のテーブルの上の束の手紙に一瞬、立ち止まる。すぐには手に取ることができない。束を解き、一通の封を切った。——輪切りにして絞った汁は、ほどよい酸味が舌ざわりにやさしく、家族揃って賞味させて頂いております。いろいろに使っては喜んでいるという嬉しい便りに胸を撫で下ろした。束の手紙はすべて喜ばしい礼状であった。——医薬と食事の根源は同じものであるという薬食同源として使っています。という老人からのものや、ほかに売っているところがあったら教えて。などという子供からのものもあるなど、うれしい限りであった。やって見なければわからない。失敗を恐れていては何もできない。そこには思いもかけぬ発見があるものだ。そのような思いから売り場に立っての販売が、喜ばしい結果をもたらした。

収穫を前にして、樹形改造の木の、最も高いところで日光を浴びている実をもぎ取り、サクタと共に試食した。甘くなっている、と感じたのは願望でしかなかった。サクタは何も言わず、こんもりした祖母の蜜柑の木へ向かって行き、一個をもぎ取り、口に含んだ。

「変わらないね。両方とも同じだ」

「改造した木が丈を伸ばして、そこに甘い実を付けるまで、少なくとも三年はかかるわ」

「果たして三年後、甘くなっているかね」

サクタは疑問あり気に言った。

収穫した蜜柑は、箱に詰めて家に運んだ。粒の揃った大振りの蜜柑を籠に入れ、テーブルの上に置いた。懐かしい光景だ。酸味を含んだ祖母の蜜柑の中の蜜柑だ。積み重ねられた箱詰めの蜜柑。さばく方法はないものか。厚めのしっかりした皮は次第に柔らかくなる。木の下で腐った哀れな蜜柑がよぎる。しかし、祖母の自慢の蜜柑の中の蜜柑を箱の中で腐らせるわけにはいかない。街に出回っている柔らかくて甘い蜜柑は己の世界とばかり店先で客を誘っている。祖母の自慢の、我が家の蜜柑の明日はあるのか。酸味のある蜜柑を好む人は自分以外にはいないのか。きっといる。ハナは好んでいた。これこそが蜜柑の中の蜜柑であると……。

蜜柑の季節は短い。とくに皮の薄い柔らかくて甘い早生《わせ》蜜柑は短い。早くも終わろうとしている。そのような今、我が家の蜜柑を売りに出してはどうか。――当たって砕けよ。脳裏をよぎる声。成功不成功にかかわらず、あえて行い、それで駄目ならそれでもよいという覚悟で売り出す決心をした。寝かせた蜜柑は酸味が抜け、適度な舌触りになっており、深いオレンジ色が値打ちさえ感じさせ、旨そうな果実に変化している。

今こそ、祖母の蜜柑の出番だ。箱詰めの蜜柑はそのまま産地直送売り場へ直行した。係員と共に袋に詰め、売り出した。今期最後の蜜柑とあって、売れていった。とくに蜜柑贔屓の人にはありがたい買い物のようであった。――当たって砕けよ。脳裏をよぎったその声は、苦しみ悩んでいる者への何者かの助けに違いなく、甘い蜜柑にはそれなりの販売の時期があるように、酸味のある蜜柑にもそれなりの販売の時期のあることを教えたのだ。

数日後、蜜柑農家の畑への道を登った。鬱蒼とした森を抜け、我が家の蜜柑畑を過ぎ、更に行き、裸の畑を目の前にした場所に出た。木を倒した蜜柑農家の畑に違いなかった。かつては繁っていたに違いない蜜柑の木の、今は一本としてない哀れな光景に立ちすくむ。

蜜柑山を裸にして今ごろ何をしているのか主とその妻たち。裸にしておいては畑が泣く。日照時間が足りなくても蜜柑栽培はできる。誇りを持って栽培に取り組んでほしい。事に当たれば砕けるものだ。一丸となって栽培しようではないか。

裸の蜜柑耕作地を後に、山を下り、灰色の街並みを斜めに見て家に向かった。裸の蜜柑畑を復活させたい。強い思いが湧き上がる。早速、耕作地放棄の主とその妻たちを我が家へ招き、酸味のある蜜柑でも、あるいは成長段階の青い小さな蜜柑でも、商品になることを伝え、蜜柑栽培への復活を奨めた。半信半疑の彼らではあったが、聞くほどに耳を傾け、とくに青蜜柑の商品化には目を輝かせた。耕作地放棄の畑の青々とした葉の繁る蜜柑畑を瞼に浮かべ、話題を進めていった。

次の蜜柑の季節までは充分に時間がある。彼らは度々我が家へやってきては蜜柑栽培の復活への話に興じた。売り出すからには青蜜柑の名称が必要であろうと、早くも彼らは積極的に案をひねり出すなど、乗り気であった。アサヒ。マリモ。テマリ。メグミ。根拠もなく語感の響きのみに頼り、次々と発言していき、つまるところ、メグミに決まった。

季節が到来し、宮崎の日南地方から取り寄せた二年生の接ぎ木苗の二種類を、彼らは、裸の蜜柑畑に植えた。苗木の植わった山への道は、満面の笑みを浮かべて擦れ違う彼らで寂しくなくなった。苗木の成長は良好で、あっと言う間に蜜柑の木らしい様相を呈してきた。放棄した蜜柑山は裸ではなくなり、人影のなかった灰色の街並みにも光が射し始め、すぐにも訪れてきそうな明るい未来に胸がときめいた。

我が家の蜜柑の木に花の咲く季節が巡り、やがて、実がつき始めた。真剣に取り組む蜜柑農家の彼らが、苗木の植わった自家の畑を見廻りに来ては、我が家の畑を見て廻る。青蜜柑がライムほどの大きさになり、収穫の時期を迎えると、彼らは率先して我が家の青蜜柑の収穫を手伝った。箱に詰める者、山から下ろす者、それぞれ分担を決めて仕事に励んだ。メグミは彼らの働きによって、各地の大手スーパーマーケットの産地直送売り場へ運ばれた。

月日が巡って、山の蜜柑畑の、樹形改造を施した木の蜜柑の甘味に気づいた。日を浴びた蜜柑はわずかながらこうべを垂れていた。垂れ切るには所詮足りない日照時間。果たして甘くなっているかね、と言っていたサクタが、まあ成功だね、と笑顔を見せた。気分の良くなったところで、祖母の、蜜柑の中の蜜柑の、中でも大振りなものを五、六個、ポケットに忍ばせ、蜜柑農家の彼らの畑の様子を見に、サクタと山道を登った。すぐにも実のつきそうな早い成長に、彼らの努力が偲ばれ、メグミの収穫も遠い先ではないと、未来に希望をつなげながら山を下った。持ち帰った五、六個の蜜柑を仏壇に供えると、家が潰れませんように、と手を合わせていた祖母がよぎり、家を捨てて出ていった不孝ものが、と眉間に皺を寄せて怒ったサクタによる祖母の心痛が窺われ、仏壇の祖母に謝罪の手を合わせた。

灰色の町並みに人の姿が現れ、やがて賑わうようになると、町並みは日の出の色と変わった。家の前には鉢植えの花々が咲き誇り、庭には蜜柑や柿の苗木などが植えられ、音楽に合わせて体操をする人の姿までが見受けられるようになった。町並みは希望の色に変わった。行き交う人で寂しくなくなった蜜柑畑への山道も、ハイキング同好会のコースのような仲間同士の賑わいの声で、活気に満ちた。

蜜柑農家の彼らが我が家へ目を輝かせてやってきたのは、立派に成長した彼らの家の蜜柑の木に、小粒の、メグミがぎっしりついているのを見つけたときであった。彼らの瞼の裏には、間もなく収穫を迎える家族総出の姿が映っていたに違いない。短い季節での収穫期はそこまできていた。彼らの中には販売元の開拓やラベルの再製作を名乗り出る者もいた。酸味を有する蜜柑の販売に苦労を重ねてきた反動ともいえる積極性を感じずにはいなかった。かつての裸の山が緑の山に変わって、メグミが大手スーパーマーケットを始めとして各地方へ送られていったある日、ラベルを手にした訪問者があった。ハナだった。ふるさとへ帰ったハナだった。ハナは、祖母の蜜柑の中の蜜柑を、そしてメグミを守り抜くためにやって来た。かつてのように広間のテーブルの上に籠の蜜柑を置き、ご馳走を並べた。そこには、蜜柑農家の彼らに加えて、あの時の若者を初めとしたアパートの、全員の姿があった。彼らは、メグミの未来に、そしてＬＥＤ照明による最先端の明かりの街にしよう、と声高々に歓声をあげ、夜明けまで飲んで、我が町の出発を祝った。

責務

痛む腰に手を添え、公園での歩行運動の途中、この朝もまた難題と取り組んでいる。痛みにとらわれてはならない。適度の運動は不可欠。楽しいと感じることを積極的に行う。それらによって脳が痛みを抑える物質を作り出し、腰の痛みを和らげる。これが、医師の指示である。

毎朝の声を掛け合いながらの歩行運動に続く体操など、常に楽しく、と心掛けているつもりが、なぜか一向に和らぐ気配がない。もしや脳の機能性の低下による血流量の不足が原因で、脳が痛みを抑える物質を作り出さないのではないかと、らちもないことを考えながら、では脳が痛みを抑える物質を作り出すのはどのようなときか、脳そのものが楽しむ行為とはどのようなことか、その術は、などと青空に視線を預けて考えている。

その腰の痛みは、背骨のその周辺組織、椎間《ついかん》関節、筋肉などの異常による神経の圧迫であり、精密検査を以ってしても特に異常はなく、当面危険のない腰痛ということであった。ならばほうって置こう、と思うのだが、歩行も困難とあってはそれもかなわす、楽しいと感じることを積極的に行う、と指示する医師を信じるほかはなく、痛む腰をかばいつつ、運動のための歩行をいつものように続けていた。

するとと突然、何者かに腕をつかまれた。腰に痛みを持つ身が、腕をつかまれたままその者と一緒に、踏み固められた土の地面に叩きつけられた。酷い痛みで動けない。ようやくその者を見た目に、七十は過ぎているだろう同年輩の、瞼を閉じた女の苦しそうな顔が映った。女ははっきりしない小さな声で何やらつぶやいている。耳を研ぎすました先に、恐怖が走った。――顔が熱い。頭の中が焼石のように熱くて重い――。

焼石。腕にしがみついている女の顔を覗き込み、彼女の額に手を触れた。熱はない。時間が勝負の重篤な病気。咄嗟に声を張り上げた。

「誰か来てください。誰か……」

小さな手作り飛行機を飛ばして賑わっている年配の男たちはすでにおらず、急ぎ足で会社へ向かう勤め人たちも平日の九時過ぎとあっては公園を横切る者もいない。太陽の昇った広い公園は閑散としていた。

女につかまれた腕がしびれる。腰は更なる激痛で地面に倒れたまま起き上がることができない。そんな中で女に声をかけた。（救急車を呼びますからね）女からの返事はない。

携帯電話を取り出し、連絡をした。救急車はすぐにきた。それぞれかかえられて中へ運ばれた。(病人はどちらの方ですか)問われても腰の痛みでしばらくは答えられず、ようやく、(この人です……)と女へ指を差した。

　女はベッドに寝かされた。救急車はサイレンを鳴らし街の中を走行した。突然女がベッドから起き上がった。慌ててベッドへ戻そうとした救急医を女は拒否した。

「このままにしておいてください」

　小さな声のはっきりしないつぶやきとは違って、しっかりした言葉遣いに代わっていた。一体どうなってのことか。女はこちらを見た。

「どなたかの腕につかまったのは覚えているのです。それからのことは焼石のような熱くて重い頭にしばられて記憶がはっきりしていないのです」

　彼女は偶然そこにいた女の腕をつかんだまま、熱い頭と闘っていた。そしてたった今、救急車の中で、事態をとらえ、本心に立ち返ったのだ。

「顔から頭にかけての焼けるような熱さが止まったのです」

　女が言った。

「え、止まった？」

半信半疑で彼女をじっと見た。

「出血が止まったのです。ですから頭の中が熱くなっていかない。このままじっとしていれば、出血した箇所が塞がって、熱さが冷めていくと思うのです」

女を見つめた。救急医も女をじっと見た。

振動がないとはいえない救急車の中で、女はベッドに横たわらず、椅子に座ったまま、頭を両手で抱え、公園でのことを静かに、語り始めた。

歩行運動の途中、ベンチで休憩をし、しばらくの間本を読んだ。目が疲れた時点で歩行運動に切りかえた。その瞬間、両肩が頸の付け根に向かって寄っていった。頸が熱くなった。熱さは頭に向かって登っていく。あっという間に登り切った頭の中はまるで火事でもあるかのように熱く、そして重く、焼石と化した。血管が破れた。瞬間そう思った。

似たような経験は以前にもあった。それは頭の中の出血とは違って、眼の底の出血だった。早朝目覚めの瞬間、勢いよく流れる小さな黒い球の群れを目の底に見た。黒い球の流れは、動脈硬化によって破れた血管からの出血だった。目を閉じて静かにしているうちに群れの流れの勢いが衰え、やがて、目の底から黒い球の群れが消えた。血管の破れから一気に噴き出した黒い球の群れ。それはまるで海中を勢いよく泳ぐ何万匹ともしれない小魚の、一瞬の群を見るようだった。その出血は、視神経に近い静脈の破れからであった。画像はそれを鮮明な赤で示していた。（眼底の血管の破れは、体の中の血管の破れと同じことです）眼科医が言った。破れは黒い球の群れを一瞬流しただけで塞がったが、塞がっては破れ、破れては塞がり、完全に傷口が塞がるまで二年がかかった。

「それはいつですか」

「五年前です。ぱっと目を開いた瞬間、血管が破れたのです」

「ぱっと、ですか。その程度のことで血管が破れるのですか」

「動脈硬化で血管がもろいからです。それからは刺激を与えないように気をつけているのですが、何といっても目のことで、動かさないわけにはいきません。それで、塞がってはそのもろい部分がわずかな刺激によって再び破れてしまうのです。ですから、静かに、できるだけ静かに、刺激を与えないようにしているのです」

女は振動でガタガタしないとはいえない救急車の中で、座ったまま、頭を押さえている。

「今回の、公園での血管の破れは、何が原因だと思っていますか？」

女は記憶をたどっているようであったがやがて、一言、小さな声で、血圧、ではないか、と言った。急激な血圧の上昇によって意識不明に陥る人の数は少なくない。女は低血圧であった。だがそれなりに血圧の上昇があればどうなることか。そこまで考えたとき女が言った。(動脈硬化でもろい血管はささいな衝撃にも耐えられないのです)

救急車が病院に到着した。専用の入口から入り、担架に乗せられた女のかたわらを医療機器でいっぱいの特別と思われる部屋に入った。そこで女の検査が行われ、やがて終了すると、重篤な患者を受け入れるための部屋、集中治療室に移され、窓際のベッドに女は寝かされた。折からやって来た女性職員が、(田沢ユリさんですね)と女を確認して帰って行った。(田沢ユリ)初めて聞く女の名前だ。女を医者に引き渡せば、役目は一応果たしたことになる。そこで女に言った。

「そろそろお暇をいただきますね」

すると即座に女が、

「もう少しいてください。わたしは天涯孤独なのです。あなた様に帰られてしまうとどうしてよいかわからなくなってしまいます。お願いですからもう少しいてください」

ベッドに身を起こし、乗り出すようにして女が訴える。腰の痛みで自由にならない身に鞭を打ち、ここまできた。それができたのは、重篤な病気の手遅れを恐れての一念からであった。医者に引き渡せば、責任の一端は果たしたようなものだ。痛む腰を理由に女の願いを拒否しようと思えばできないことはない。しかし懇願する女の、じっと見つめる目がそれを逆らおうとさせない。痛む腰が朝出たままの我が家へ、早く戻れとしきりに促す。椅子から立ち上がり、一歩踏み出そうとしたとき、腰全体に激痛が走り、立っていることができず、再び椅子に腰を落とした。病院の集中治療室のベッドに女をあずけるまで、不自由な身なりに誠意を尽くしたはずであった。今はただユリという女から解放されたいばかりだ。

昼の日差しがブラインドを通してベッドのユリに細い斜めの光を届けている。女性職員が衣類を抱えてユリのベッドにやってきた。彼女はカーテンを引き、ユリの着衣を脱がせ、用意した院内用の衣服に着がえさせると、ユリのぬいだ着衣を袋に詰め、（この着衣、退院の日までお預かりします）と言って戻っていった。帰り際にこちらを見て（明日、着替え用の衣服をあるだけ持ってきてください）と付添人と思ってのことか、言った。あるだけとは入院が長引くということか。出血が止まっていることで検査が済み次第帰宅を許されると思っていたのだが……。ユリという天涯孤独の女が気にならないではないが、明日のことは、約束できない。

車椅子が運ばれてきた。運んできた女性職員が（使いたい時は知らせてください。一人では絶対に使わないでください）とユリに言って戻っていった。

入れ替わり立ち代わりやってくる女性職員の後に、主治医と名乗る四十がらみの穏やかな表情の、男の医師が姿を見せた。ユリが慌ててベッドから起き上がろうとすると、（そのままそのまま。絶対安静ですよ）と言ってユリをベッドに戻した。

絶対安静。ユリの臥しているベッドにそれとなく視線を預けていると、（先生のお話、代わって聞いてください。わたしには聞いてくれる家族がおりませんから……）とこちらに向けて言うユリの声が聞こえてきた。そこで、主治医の言葉の、絶対安静、が気になりながら、話を聞く羽目になった。

「くも膜下出血です」

――くも膜下出血。

ユリは頭をかかえて目を閉じた。あまりのショックに驚きの言葉も出ないようであった。そこで主治医に尋ねた。（画像を見せていただくことはできませんか）退院までには見せる、ということであった。

「出血は頭部のどの辺りからですか」

「左側だね。その部分が白く広がっていますよ」

絶対安静のベッドのユリが、頭部の左側を両手で覆うようにしてじっとしている。

「動脈瘤の破裂ですか」

主治医は眉間に皺を寄せ、女の病状を語り始めた。

ユリに動脈瘤はなく、従って、動脈からのくも膜下出血ではない。血管の細い先の部分まできれいに映っている。どこから出血したのかまったくわからない。まれに静脈からの出血もある。——静脈。くも膜下出血の原因には、危険因子の主なものとして、高血圧、喫煙、飲酒、家族の病歴、加齢、ストレス……。今回の場合、その因子に当てはまるものとして、加齢、ストレス、脂質異常症がある。くも膜下出血の再発は、半年から一年くらいの間に、三十パーセントから六十パーセント。非常に高い。一度治まった出血が何かのきっかけで再度出血してしまうと、それによって死亡する確率はおよそ六十パーセント。再発は、一旦出血したところが一時的に止まっても、四十八時間以内に起こる可能性が高く、再出血する前に、手術をして、出血しないように処置できるかどうかが、予防の第一である。破れた箇所が見当たらないとあっては、手術もできず、予防の施しようもなく、自然治癒に頼り、絶対安静を保つ以外に方法はない。話し終えた主治医の眉間の皺は、依然として寄っていた。

ユリのくも膜下出血が、動脈からではなく、まれにあるという静脈からのものであるとすれば、幸運であったとしかいいようがない。

「タクシーが来ています」

女性職員が知らせにきた。ベッドから速やかに身を起こしたユリが腕を引いた。(帰らないで……)涙を浮かべて訴えるユリの手を黙って払い、憔悴のユリという女を置いて帰るには忍びなく、だが(許して)という思いを胸に秘めてタクシーへ向かった。

車窓から斜めの陽射しが痛む腰に当たって三十分が過ぎた。家が遠い。趣味の田舎暮らしの、夫の留守の誰もいない家が遠い。夫が田舎暮らしを始めた頃、気の進まないまま腰痛が治ればと、田舎暮らしを始めた。トマトの収穫に汗を流し、澄んだ空気の中を二人で散歩をし、村の人たちとの会食を楽しんだ。しかし、楽しいと感ずることをしていながら痛みは増すばかりで何をするにも困難がつきまとった。どのような時に脳は楽しむのか。夫は(危険のない腰痛など気にすることはない)と言うばかりで助けにはならない。苦しいだけの田舎暮らしにけりを付け、余儀なく立ち帰るはめになった。

タクシーは知らない道を走っていた。どこを走っているのか知ろうともしない最初で最後の道。(帰らないで)と涙を浮かべて引きとめるユリという女の姿を一片の出来事として遠ざける。やがて家の近くまできた。夕食用の寿司を手に、我が家へ向かった。

到着した我が家で、旨いはずの寿司が食欲をそそらない。箸をつけようとする寿司にユリの涙の顔がまつわりつく。ユリというあの女、どこの人なのだろう。公園での出会いを考えると家は近いのかもしれない。——明日、着替え用の衣服をあるだけ持ってきてください。職員の声が頭に響く。用意ができなければ院内用の着衣を用意するだろう。押し入れの中の、出番を失い、眠ったままのネグリジェ、タオルの夜着、木綿のパジャマなどが目の底で絡む。

テーブルに肘を預け、両手で顔を覆った。あのときユリは、救急車の中で救急医に逆らってまでベッドに臥すことをしなかった。座ったまま、頭をかかえていた。振動から頭を守るためだった。そのときユリの頭の中の焼石は更なる焼石にはなっていなかった。出血が止まっていたのだ。一度治まった出血が何らかのきっかけで再度出血してしまうと、それによって死亡する確率はおよそ六十パーセント。もし仮に、救急車のなかで、ベッドに体を横たえ、振動による刺激を頭部に受けていたとしたら、動脈硬化によるユリのもろい血管はどうなっていたことか。救急車の中で再発か。搬送後、再発か。そこに待っているものは六十パーセントの死……。それらは動脈瘤の破裂によるくも膜下出血の症例だろうが、再発に限っては静脈とて同じことだ。

ユリは振動から頭を守るためにベッドに臥すことをしなかった。眼底での出血という苦い経験を舐めたユリだからこそ、機転を利かすことができたのだ。ユリは自身の判断で自分の命を守った。搬送中何事もなく病院に到着し、集中治療室のベッドに寝かされ、そして今、閉じたばかりの柔らかい血管が丈夫な硬い血管に戻るのを、絶対安静の中で、たった一人で、誰に付き添われるでもなく、出会ったばかりの再び現れるかどうかわからない女を脳裏に描いて、待っている。無事退院しても、その後の定期的経過観察を必要とするに違いないユリにとっては、いつ再発するかわからない重篤な病気をかかえた患者に違いない。腰に痛みを持つこの身は、ゆっくりでも、休み休みでも、あるいは激痛が起きても動かずしばらくじっとしていれば、一時的であれ、痛みは軽減する。

もう少しいてくださいと腕を引くユリの姿が目に浮かび、健康が第一の富であることを考えれば、重篤な病気のユリという女を見捨ててよいのか。助け合いたい、と思うのが人間ではないか。優しくなければ人間として生きる資格がないのではないか。我が人生に遭遇した掛け替えのない人だ。ほうって置けるか。自分に問いかけ、痛む腰をだまし、立ち上がる。押入れの前に立ち、取り出したネグリジェ等をかかえ、段ボール箱に詰め、翌朝を待って、ユリのいる病院へタクシーを走らせた。

絶対安静の身を忘れたかのようにユリがベッドに身を起こし、抱き着いて来、号泣した。女性職員がそれを見つけ、慌ててユリをベッドに戻した。（再発したらどうしますか）職員は注意をして戻っていった。ユリの号泣は止まらなかった。くも膜下出血という重篤な病気を発症したユリが、不安を抱えた長い夜の中で、この身を待っていた。

ユリは女性職員たちによって熱い看護を受けていた。枕元近くの見易い場所にしつらえられたユリの健康状態を知らせる電光板の細かく動く数値の、一分間四十五、という脈拍に（少ないが心配いりませんよ）などとやさしく声をかけて通り過ぎるなど、気配りが届いていた。付添人としての仕事は何もない。ただユリのかたわらにいるだけでよかった。それがユリの願いだった。途中で購入した缶の茶で喉を潤した。

女性職員がユリの体を拭いにきた。持参したパジャマに着替えたユリは、胸の辺りを触ったり、こちらを見て笑みを浮かべたりしていたがやがて（お願いがあります。これ、わたしの部屋の鍵です。預かってほしいのです。持って出たのが文庫本と、カードなどの入った定期入れと、これだけなのです。足りない物が出てくると思うので……）と鍵をこちらに差し出した。――出会ったばかりの人間に鍵を預けるとは……。

差し出された鍵をじっと見たままでいると、彼女は屈託のない表情で自宅の所在を説明した。棟一つはさんだやはり高層の、集合住宅だった。必要な物があれば用意すると伝えて、鍵を預かることについては固く断った。そうこうしているうちに夕食の時刻がきた。しかし緊急入院したユリの食事は翌日の昼食からであった。ユリが寂しそうな表情で（わたし、退院できないような気がする）と言った。それはまるで、このままここで死ぬのではないか、と言っているようであった。

「どうかしました？」

「再発したら死ぬのでしょう。怖くて、昨夜眠れませんでした」

「それはよくないわ。質の良い睡眠をとることね。しっかり眠れば再発はしないわ。救急医に逆らってまで命を守ったユリさんですもの。弱気は、ユリさんには似合わない」

「消灯までいてください。付添人はここには泊まれないので、せめて……」

「ユリさんには運がついているのですよ。幸運が……。静脈からの出血でよかったのです。自分は運がいい、という人のところへ運は集まるそうです。自分は不幸だ、という人のところへは、不幸しか集まらないそうです。自分はなんて運がいいのでしょう、と思いましょうユリさん」

弱気になるユリのその気持がわからないではない。再発を恐れながらも気を許して訴える相手がユリにはいない。家には迎えてくれる人もいない。ユリの寂しさは病気になったことによる天涯孤独が引き起こしたものに違いない。眠れなかったというユリを哀れに思い、ほうっては置けず、歩いては休み、休んでは歩き、地階の売店へ向かった。睡眠を導くための道具はないか。菓子から文房具、衣類まで揃っているなかで、使用したことも関心を抱いたこともない抱き枕、ふわふわとした柔らかいそれに目が留まった。乳飲み子を胸に抱いた母親が子の背を優しく撫でることによって子は泣き止み、やがて眠る。試みに抱いてみた。胸に子を抱いた母親になった。いや、母親に抱かれた乳飲み子になった。背をやさしく撫でる母親の手のぬくもりが幸せを呼び、瞼を閉じさせる。この感触、ユリに味わわせたい。良質の睡眠がユリに訪れれば、再発を恐れての死の恐怖におびやかされることもなく、眠ることができよう。

消灯までいてほしいというユリのベッドへ、抱き枕をかかえ、痛む腰を曲げたり伸ばしたり、途中で休んだりしながら、戻る。なぜそこまでするのか。縁もゆかりも義理もない公園で出会っただけの女に、腰の痛みという不自由な身をかかえながら……。憐れみを感じたからか。腕をつかまれて泣きつかれたからか。この女を救えるのは、助けられるのは、慰められるのは、この自分しかいない、と深いところで思ったか。人を救おうなどとよく思ったものだ。慰めて慰められるものでもなく、救おうとして救えるものでもないのが複雑な心を持つ人間であるということを知りながら……。

けれども、手を貸そうとしたのは本当だ。頭の中が火事のように熱いと言った女を死なせてはならないと思ったのも本当だ。だがそれだけか。それで痛む腰を引き摺って、付添人にまでなって、人を助けようと思ったか……。そうではないだろう。眠れないというユリを、消灯までいてほしいというユリを、帰らないでと腕を引くユリという女を投げ出すことができなかっただけのことだ。助けよう、助けられる、などと思い上がってのことではない。救おう、救える、と思ったのでもない。夫の田舎暮らしの留守宅が暇だから、でもない。趣味のエッセイの筆に詰まっての気分転換のためでもない。腕を引くユリという女をほうり出すことができなかっただけだ。腰が痛くても歩こうと思えば歩ける。くも膜下出血という医者自身も罹りたくないという恐ろしい病気を持つ女をほうって置けるか……。

ベッドのユリに抱き枕を抱かせた。ユリはそれに頬をすりよせ、目を閉じ、笑みを浮かべた。これでユリはきっと眠れる。（ユリさん。考え事はしないで眠ることだけを考えてくださいね）早くもユリは眠っていた。（明日、面会時刻にまたやって来ますからね）静かに言って、部屋を出た。

翌日、ユリは眠っていた。医師の見廻りによる診察、行き届いた検査、看護師による手厚い看護などでユリの午前中は忙しい。（ユリさん）小さく声をかけると、瞼を開き、手を伸ばしてきた。血管の浮き出たその手を握った。集中治療室に運ばれてきて、五日目だった。この部屋の、最後の日でもあった。

ユリが部屋を移ったという一般病棟の、六階のエレベーターの前でユリの病室を探していると、響きのよい長く延ばした声が聞こえてきた。（お姉さあん……）その声はこちらに向かっていた。現れたのはユリだった。集中治療室のユリからは想像もできない元気な姿である。あまりの変化に言葉を失っていると、再び（お姉さん）と呼び、部屋へ案内した。

案内された部屋の窓際に、例の抱き枕が、まるで命を吹き込まれた動物のように、一際目立つ高級ホテル、そして高層ビルの犇めく街などを眺めている恰好で座っていた。集中治療室から一般病棟へ移った目出度い日には、お姉さんから贈られた抱き枕で迎えようと決めていた、とユリが言った。――お姉さん。ユリはあの日公園で突然倒れ、この腕を掴んだときからずっと、（お姉さん）と、女性を親しんで呼ぶ語ではなく、実際の姉と思って心の中で呼んでいたという。それで我儘が言えた。眠れないと弱音を吐くこともできた。お姉さんだから、できたと……。

「一見しただけでどうして（お姉さん）と思ったの？」

「真剣に人生と取り組んでいるまじめな人に思えたからです。咄嗟に公園でお姉さんの腕を摑んだとき、この体を抱き締めるお姉さんの両手のしっかりした感じがこちらに伝わって来て、たとえ自分に肉親がいたとしても、彼らがこれほどしっかりとは抱いてくれないだろうと、生きるか死ぬかの間で思ったのです。たとえ肉親であっても、です。天涯孤独の心細さから出会った人なら誰でもかまわないと思ってのことではないのです。お姉さんとは出会うべくして出会った人なのです。掛け替えのない人なのです。自分の未来はこの人と今から始まる、という思いが瞬時に全身を巡ったのです。それで鍵を預ける気にもなった」

「わかったわ。でもね。誰の心の中にも悪魔が棲んでいるということを忘れてはならないわ。ユリさんが偶然摑んだ腕は、悪魔の腕、だったかもしれないのよ。預かった鍵で資産を持ち逃げする悪魔……」

「悪魔が思わしくない自分の健康状態を犠牲にしてまで、見ず知らずの人の病院通いをするかしら。見ず知らずの人の。ほほほほ」

「二人とも、似ているところがあるのかもしれないわね。真っ直ぐなところ」

間違っても妹などとは思っていなかったこの自分を、ユリは姉と思っていた。俄かには妹と思えないまでもできる限り期待を裏切らないようにという思いがよぎる。与えることで心貧しくなった人はいないはず。すると突然、誠意と緊張感が湧いてきて、（お姉さん）と言われるたびに血を分けた妹のように思え、体の芯に一本の柱が備わったような不思議な感覚が芽生えた。（お姉さん、お姉さん……）柱が根を張り、姉という言葉の重みが意識まで変えさせた。

「ユリ。一般病棟へ移ったからといって、調子に乗って騒いでは駄目よ。くも膜下出血を発症させたということを忘れてはならないわ」

陽の落ちた窓際に椅子を運び、ユリと並んで座った。眼下に広がる街の向こうは海のはず。ここは高台。高輪台。娯楽の少ない江戸時代、人々は月見の宴ににぎわいを見せたというその浜辺。闇夜のなかで人々は何を思い、何を考え、朝方の月の出を待っていたのだろう。突然、ユリと硬く手を取り合って今日の高輪の浜辺を歩いている姿が浮かび上がった。ユリは満面に笑みをたたえ、子供に返ったようにスキップをしている。いつかその浜辺で、ユリと歩きたい。ユリはスキップをするだろうか。七十過ぎの老女のスキップはどのようなものか。笑みが毀《こぼ》れた。

暗くなり始めた視界を後に、ユリのベッドへ戻った。ユリの退院は近い。くも膜下出血の再発を防ぐためにも、そして現代の高輪台の浜辺をユリと一緒に散歩するためにも、彼女の来し方を見直す必要があろう。血管が破れるにはそれだけの原因があってのこと。その原因を作ったのは、あるいは知っているのは、他の誰でもない、こまごまとした日常を知っている本人、ユリ、以外にないのではないか。そこで尋ねた。

「あの日、文庫本を持っていたと言ったわね。その辺のことを詳しく教えて」

公園の木の下のベンチで乱視の混ざった弱い視力に眼鏡もかけず、趣味の読書に熱中していた。ふと気づいて辺りを見廻すと、照り込んだ太陽が目を射した。慌てて本を閉じ、歩き始めた。その瞬間、発症した。――照り込んだ太陽が目を射るなかで急に歩き出した。早朝パッと目を開いたとき、目の底を流れる黒い小魚の群れを見た。似ている。急に歩きだした。パッと目を開いた。破れた直接の原因がその辺りにあるのではないか。

主治医の回診を待って、発症したときの状況を詳細に伝え、血管の破れの原因がその辺りにありはしないかと問い掛けた。主治医は、苦虫を潰したような顔で額に手を当ててるだけであった。ユリの動脈硬化で脆くなった血管には、急に、何々をした、という、その急に、というのが、直接の原因のように思え、自分なりに納得した気分であった。しかしそればかりが原因ではないだろうと言っているような、眉間に皺を寄せた主治医の表情が、瞼の奥に映っていた。

夕食の、全粥に茄子と竹輪の煮物、それにトマトサラダなどを前にしたユリに、昼食時の献立を尋ねた。うどんにシュウマイと豆腐の煮物、それにゼリー。旨かった。けれど、料理にはまったく興味がない。作ることは勿論、摂取も好きな物を好きなだけ……。銀行員であった夫が十年前に病死して以来、一人の食事が疎かになり、読書に走った、とユリは煮物の茄子を箸にして言った。

賢く生き抜いてきたユリとも思えない食生活の無関心さ。健康なときは自分の健康に気づかないものだ。病気になって初めて健康のありがたさに気づく。食事は人間を作るためのもの。健康のため、人生の長さのため、だけではなく、深い人生を送るため、大切なことを見付けるため、でもあるのだ。料理に関心を示すようにとの問いかけに、初めは渋っていたユリであったが、再発予防にも動脈硬化の進行を抑えるためにも、欠くことのできない重要なことであると気づいたのだろう、納得した。

ユリを伴って売店へ行き、見ているだけでも食欲をそそりそうな二、三冊の料理本を手に部屋に戻った。ユリは早速、ページをめくった。

彼女は病院での食事の献立をノートに記すようになった。朝食に、全粥、かき玉味噌汁……。昼食に、豚肉と野菜の塩麴蒸し……。夕食に、全粥、白身魚の味噌煮……。書き写しては眺めていた。

ユリが料理に興味を抱くようになると、退院後のユリのための買い物に病院の行き帰りを利用するようになり、これまでとは違った忙しさがやってきた。ユリの好みのものを選びだすにも各店舗を廻り、時間を費やし、保存方法にも考慮しての購入であった。江戸時代の面影を残す店舗はないものだろうか。路地に入っては出、また別の路地に入っては出るなどして、八百屋、魚屋、炭や、菓子屋など、高輪という江戸時代を想像させる初めての町の中を探して歩いた。

その日は、帰路に、いつになるかわからない退院後のユリのための、冷凍の肉を仕入れた。根菜類を購入する必要はなかった。田舎暮らしの夫が生産するもので間に合った。ユリには高栄養の食事を摂ってもらいたい。ユリが発症したくも膜下出血はすでに治癒している。しかし公園で発症してからまだ十日余りだ。しっかりした血管に戻っているとは思えない。退院時健康であっても家での忙しい生活に戻れば再発も免れない。七十過ぎの体を維持していくのは容易なことではないだろうが、体を労ってほしい。

救急車で搬送されてから、予防的入院の期間をやり過ごし、退院を明日に控えた十四日目、主治医から呼び出しを受けた。ユリと共に訪れた部屋には医者や女性職員たちが持ち場で仕事をしていた。主治医の前にはユリの頭部の画像が写し出されていた。――これが搬送されてきた当日のもの。これが昨日のもの。まったく変わっていない。どちらも左の頭頂、画像では右側に写っているが、と主治医が説明した。そこには画面いっぱいに写し出された頭頂部の、半分近くをおおうほどの予想もしなかった白い部分の広がりがあった。ユリはその白い部分の広がりに直視することができず、目をそらした。破れた血管が、しかも動脈ではなく静脈が、わずか十数秒で塞がっていながら、出血による白い部分の広がりの大きさに愕然とし、恐ろしくもあり、しばらくは何も言えず、その部分に見入っていた。だがやがて、白い部分が消えない場合がありはしないかという疑問に突き当り、尋ね、一刻も早い返事を待った。

「通常はおよそ一か月で消えます。しかし以前に頭をぶつけたか何かで出血の跡が残っている場合があります。搬送されてきた当日、出血が治まっていたことから、古い出血の跡として医師たちは所見をしたのです」

そう言われて黙ってはいられないと思ってのことだろう、これまで物静かであったユリが、硬い表情で主治医に向かった。

「では古い出血の跡ということですか。突然頭の中が焼けた鉄の塊のように、熱く重くなったのです。叫ぶに叫べず熱い頭をかかえて死に向かう命と闘っていたのです。血管が破れて血がふき出した以外に考えられないのです。頭頂部の白い広がりが古い出血の跡であったとしたら、鉄のような熱い頭をかかえて命と闘っていたあの記憶が過去にあってもよいはずです。あれほどの恐ろしい経験を忘れるはずはありませんから。誰の脳裏にも一生残るほどの死と直結する症状です。それでも古い出血のあとということですか。」

「一か月後に検査をしましょう」

主治医が静かに言った。

「その時、白い広がりが消えていれば、今回の公園での出血ということになりますね。消えていなければ、過去の、継続ということですね」

ユリが念を押した。

病院でのユリの最後の夕食を、ベッド備えつけのテーブルでユリと一緒に摂ることにした。白いご飯を頬張るユリのかたわらで、売店で購入した焼き魚弁当を開いた。ユリの食べ振りはよい。旨そうに、大きく開いた口に運んでは、また運ぶ。食に興味をいだき始めた証に違いない。公園で出会う前の、多分元気だろう普段のユリに出逢った気がする。

「ユリ。救急車の中で頭を押さえていたユリを思い浮かべながら、主治医とのやり取りを聞いていたわ。肝腎なことは抑えて置く。さすがユリだと思った」

「今聞いておかないと、一生聞けない。恥を忍んでも聞く。そう思ってね……」

夕食後は、明日の退院をひかえてのスケジュールで消灯時刻まで休む間もなかった。事務方へ出向き退院の手続きをふみ、退院後の予定を組み、栄養士による食事指導を受け、感謝の意を込めた医師や職員などへの御礼の挨拶に廻るなど、多忙を極めた。

ユリと二人、並んでベッドに腰をかけていると、女性職員の一人がやってきた。一般病棟に移った初めての日、眉間に皺を寄せた表情で物も言わず立ち去った女性であった。（明日は退院ですね。よかったですね。くも膜下出血と聞いて信じられませんでした。半身不随にもなっておらず、呂律が回らないでもないのですから……）彼女は、昔から存在しているという病気にもかかわらず我々医療にたずさわる者でさえ、そのようなくも膜下出血という病気のあることを瞬時には思い出すことができなかった、と言って帰っていった。

彼女は退院の挨拶に来たのだった。帰り際に、（腰の痛みのほうはもうよろしいのですか）と言った。

腰の痛み。忘れていた。酷い痛みの歩行困難な身であった。薬物療法、理学療法、運動療法など、治療方法にはそのようなものがあるが、当面危険のない腰痛とあって、とくに何の治療もせず、痛む腰をかばいながらの日常であった。ユリが驚きの目でこちらをじっと見ている。――お姉さんの腰の痛み、治ったんだわ。丸い目がそういっている。ユリも気がついていなかったのだ。

腰痛を起こした初めのころ、痛みを我慢すると筋肉が反射的に収縮し、痛みが強調する、と聞いていた。それで痛まないように注意をし、歩いていた。だがユリが（お姉さん）と呼ぶようになったころから、腰の痛みにとらわれている余裕はなく、注意はおろか、腰に痛みを持つ身であることさえ忘れ、ユリのいる病院へひたすら通っていた。腰痛が治っていたことに驚嘆したのは他の誰でもない自分自身であった。

丸い目の収まらないユリを部屋に残し、消灯のベルを合図に、部屋を出た。ふと気付くと、腰に手を添えるでもなく、正しい姿勢で歩幅を大きくとって歩いている。部屋の入口でユリがまだこちらを見ている。いつのまにか体は、正しい姿勢で歩け、とまるで何者かに命令されたようにその姿勢を覚え、歩いていた。——楽しいと感じることを積極的に受け入れよ。医者の忠告だった。脳が楽しいと感ずること、脳はそれを待っていたにも拘わらず、それが具体的にどのようなことかわからないままこたえられずにいた。痛む腰をだましだまし、ユリを死に追いやるようなことがあってはならないと、そればかりを念頭に置き、苦しみながらの病院への日参であった。何が腰の痛みを癒したのか。何が痛みを抑える物質を脳が作り出し、脳そのものを楽しませたのか。気づくと自宅はすぐ目の前にあった。夕食後、疑問を抱えたまま床に就いた。

翌朝、目覚めの瞬間、思い当たった。脳そのものを楽しませたのは何か、という専門的医学の知識から解いたものではなく、楽しいと感ずることを積極的に行えよ、という医師の指示による日常生活から得た疑問に……。ユリを死に追いやってはならず、我を忘れてのユリへの心遣い、病院への道程など、必死の取り組みが、脳が待っていた喜びを満たすに値するものであった。人の命がかかっているとあれば不調の体を酷使するもいとわず、一心不乱にならざるを得ず、精神的肉体的力量を発揮する。その発揮があればこそ、脳は持ち前の作用を働かせ、痛みを抑える物質を作り出すということになり、従って脳そのものを楽しませることに通じたのだ。持ち前の作用を働かせて……。

ユリの命を守るという立場に立っての責任と任務による緊張感、発展的にならざるをえない行動、それらが脳を十二分に働かせ、脳そのものの役割を果たしたに相違ない。好きなトマトの栽培も、村の人たちとの会食も、楽しくはありながら生死のかかった必死の取り組みの比ではなく、従って痛みを抑えるという脳の仕組みを作動させるには至らなかった、のだろう。それを作動させたのは、この身を頼りとしたユリの存在によるものだった。ユリの入院先の病院へ身を粉にして通う日々の中に、腰痛を癒した要因があった。青空の下、ユリのいる病院へ向かった。僅か半月前の、（わたし退院できないような気がする）と言ったときのユリとは似ても似つかない健康的なユリがそこにはいた。雲がかかったようなユリの頭頂部の、一か月後の画像には、白い部分は消えていた。ユリ、お姉さん、と声を掛け合い、共に健康を喜んだ。

〈著者紹介〉

井関洋子（いせき　ようこ）

神奈川県に生まれる。
1963年、婦人服デザイナーとしてメーカー勤務。
1987年、実用書（サンデーエプロン）出版。
1990年から3年間、都内の文芸同人に席を置く。
東京都在住。
著書『月の舟』

脱皮

定価（本体1400円+税）

乱丁・落丁はお取り替えします。

2018年6月20日初版第1刷印刷
2018年6月26日初版第1刷発行
著　者　井関洋子
発行者　百瀬精一
発行所　鳥影社 (www.choeisha.com)
〒160-0023 東京都新宿区西新宿3-5-12トーカン新宿7F
電話 03-5948-6470, FAX 03-5948-6471
〒392-0012 長野県諏訪市四賀229-1(本社・編集室)
電話 0266-53-2903, FAX 0266-58-6771
印刷・製本　モリモト印刷・高地製本

ISBN978-4-86265-693-3 C0093